Barbamour

Susie Morgenstern

Barbamour

Traduit de l'américain
par Aliyah Morgenstern

Médium
11, rue de Sèvres Paris 6e

Du même auteur à *l'école des loisirs*

Collection Médium

L'Amerloque
Margot Mégalo
La première fois que j'ai eu seize ans
Terminale ! Tout le monde descend
Les treize tares de Théodore
Trois jours sans

Loi n° 49.956 du 16 juillet 1949 sur les publications destinées à la jeunesse : septembre 1994
Dépôt légal : avril 2004
Imprimé en France par la Société Nouvelle Firmin-Didot au Mesnil-sur-l'Estrée (67762)

I

« Ne rien faire est bien ce qu'il y a de plus tuant comme travail ! » soupira Samantha devant ses seuls compagnons, les murs de sa chambre.

L'ennui, quelle poisse ! C'est ce que Samantha détestait le plus au monde. L'ennui, mais quelle barbe, quel casse-pieds ! Rien ne va plus, on est mollasse, on se traîne, on s'ennuie ferme, on s'ennuie à mourir, on s'ennuie, quoi ! Et la voilà encore une fois, dans sa propre chambre écrasante d'ennui, à faire les cent pas en long, en large et en travers. L'oisiveté tue l'homme – mais l'ennui aussi ! et aussi remettre à demain ce qu'on peut faire le jour même ! Elle relut le slogan qu'elle avait affiché sur son mur : « NE REMETS PAS TA VIE À DEMAIN ! »

C'était ce slogan, ajouté à une overdose d'ennui, qui l'avait poussée à faire ÇA. Elle se regarda dans le miroir en louchant pour se moquer d'elle-même. Mais alors là, elle n'avait absolument rien de drôle ! C'est vrai qu'elle détestait sa crinière boueuse, elle avait toujours rêvé d'avoir une merveilleuse chevelure d'un roux flamboyant. Mais comment avait-elle pu se laisser convaincre par Ellie ? Son amie avait quitté le lycée pour étudier ce qu'elle appelait pompeusement « l'esthétique capillaire ». Elle était toujours en quête de crânes vierges pour faire ses exercices pratiques, et promettait des transformations terrifiantes pour le prix des produits (empoisonnés ?) nécessaires.

L'opération eut lieu dans la salle de bains d'Ellie. Et elle foira complètement depuis le début, car Samantha se mit à se tortiller dans tous les sens, et à crier à pleins poumons à la seconde même où la mixture infâme à l'eau oxygénée fut versée sur sa tête, comme si elle brûlait vive ! Ellie la réconforta en lui disant : « Tu dois souffrir pour être belle ! Souris et ferme-la ! T'es pas une poule mouillée quand même ! » Alors Samantha continua de subir ce supplice pendant dix interminables minutes, le crâne en ébullition, convaincue qu'elle n'était absolument pas faite pour souffrir. Elle aurait été capable d'avouer n'importe quoi sous la torture et même de trahir père et mère.

Puis elle craqua complètement : « Enlève-moi cette horreur ! » Ellie prit tranquillement son temps pour rincer la mixture fatale... Les nouveaux « cheveux » de Samantha firent leur apparition, blancs comme neige, sur un crâne rouge couvert de cloques.

« Tu es peut-être allergique à ce produit », bredouilla Ellie en voyant l'ampleur du désastre.

Samantha lut tout haut le mode d'emploi du produit : « *Faire un essai sur un endroit peu visible vingt-quatre heures avant l'emploi afin de tester la réaction de la peau au produit.* »

« On ne va pas pouvoir passer à l'étape suivante, tu es trop sensible, dit Ellie d'un ton accusateur à son (ex-) amie en lui tartinant le crâne de crème Nivea.

– Je vais tout simplement te faire un procès!

– Ne dis à personne que je suis ton esthéticienne!

– Mon *ex*-esthéticienne!»

Samantha croyait que sa mère aurait une crise cardiaque, mais, en digne mère juive, celle-ci se contenta de hausser les épaules et de dire «Oyoyoy!» comme si elle savait qu'il fallait s'attendre à tout dans la vie.

Puis elle ajouta avec un énorme soupir de baleine: «On leur donne le jour, on change leurs couches, on les nourrit, on les élève, on se fait du souci, on se triture les méninges, et malgré tout ça, on ne sait toujours pas ce qu'ils vont vous faire.»

À l'école, son prof de maths faillit s'évanouir tout en gargouillant d'une voix étouffée: «Mais qu'est-il donc arrivé?

– C'est le contrôle de maths qui m'a fait ça, j'étais trop paniquée.»

Tout le monde la prenait pour un fantôme et elle commençait à y croire. Le miroir aussi ne reflétait qu'un immense mensonge vivant. Maintenant, elle savait ce que c'était qu'être octogénaire. Elle avait même pu avoir le tarif carte vermeil au cinéma l'autre jour. Personne ne s'était aperçu de la tromperie.

Elle se servit de son bouquin de biologie, très écolo, pour tuer une mouche en faisant un boucan d'enfer contre la vitre. Ce fut une mort rapide et terrible. Elle eut du mal à effacer les traces de cet assassinat, car le livre et la fenêtre étaient couverts du sang et des débris de l'insecte. Elle finit par utiliser le rouleau de papier-toilette qu'elle avait toujours à portée de main et quitta le lieu du crime en catimini. Elle pénétra dans la cuisine pour en commettre un deuxième : l'extermination de tous les restes hypercaloriques qu'elle pourrait trouver. Mais plus une miette à se mettre sous la dent ! Le frigo était désespérément vide, le garde-manger ne renfermait que des boîtes de conserve vieilles de dix ans, les cachettes de sa mère ne recelaient rien. L'expédition était un échec complet !

Samantha tenait une liste de tout ce qu'elle détestait. Celle-ci s'était bien allongée ces derniers temps : n°1 l'ennui, n°2 l'eau oxygénée, n°3 un frigo vide ! Il y avait également une liste des choses qu'elle adorait. D'habitude, elle adorait rester seule à la maison, mais pas quand il n'y avait rien à manger et qu'elle se traînait comme un hippopotame mollasson et désœuvré. Mais ce qu'elle détestait le plus, n°4, c'était la télé. Même quand les émissions étaient bonnes, elle savait que c'était la fin du monde. Pour en rendre l'accès plus difficile, elle avait recouvert la leur avec une chemise de son père (extra-extra-large) en signe de protestation.

Elle fixa le téléphone. Elle pouvait appeler une amie. Jill par exemple. Mais, n°5, elle détestait quand c'était occupé ou quand Jill n'était pas à la maison et qu'il fallait faire la conversation avec un parent ou une petite sœur, être polie, sociable... Non, elle n'allait pas courir le risque.

Un autre élément dans la liste : n°6, la famine. Elle allait sortir et faire une véritable razzia au supermarché, revenir et s'en mettre plein la panse. Elle s'emmitoufla dans son anorak et sa grosse écharpe pour affronter le froid du mois de décembre.

N°7 : elle détestait le premier pâté de maisons tant elle connaissait les moindres recoins de cette rue tranquille du New Jersey. Mais le grand vainqueur du hit-parade des choses abominables l'attendait juste en face de la porte d'entrée. N°8 : il était éternellement là, chaque année à la même époque, avec ses boules lumineuses qui agressaient les yeux et son message de joie grinçante. Leur maison était la seule de la rue sans ces loupiotes jaunes, rouges, bleues, vertes, faisant la farandole avec des angelots dodus, des grands-pères à barbe blanche électrique et pyjama rouge. Leur maison était comme un grand trou noir dans une chaîne de paix, d'amour et de joie. Samantha était heureuse d'être différente, et triste de ne pas leur ressembler. Elle était un peu jalouse de ne pas participer à la fête.

À voir le parking bondé, ces heureux mortels étaient tous frénétiquement en train de faire leur shopping. En effet, comme l'avait annoncé la radio en ce 1er décembre, il n'y avait plus que vingt-quatre jours ouvrables avant la fin du monde. Que ferait-elle si demain était le dernier jour de sa vie ? Eh bien, ce qui était sûr, c'est qu'elle ne ferait pas de shopping ! N°9 : elle détestait le shopping. N°10 : elle détestait la foule. N°11 : elle détestait les queues. N°12 : elle détestait les centres commerciaux, ces îlots de plastique et de papier entourés de mers de métal. Et pourtant, c'était là qu'il y avait de la vie, avec son débordement d'achats. J'achète, donc je suis !

Samantha parcourut les rayons en essayant de se convaincre que c'était très éducatif, il fallait au moins qu'elle connaisse la mode. N°13 : elle détestait la mode ! Celle-ci était entièrement conçue pour des corps squelettiques. Elle jeta un coup d'œil dans la librairie avec ses piles de best-sellers, les mêmes dix livres que la semaine précédente. Elle était sur le point de se lancer à l'attaque du supermarché quand elle tomba sur une petite annonce devant *Good Buy*: *Urgent! On recherche un Père Noël à mi-temps après l'école et les week-ends. S'adresser au gérant.*

Bien sûr, Samantha détestait Noël parce que ce n'était pas une fête pour elle, n°14, mais elle n'avait rien contre cette créature mythique qu'on appelait le Père Noël. Elle n'avait jamais détesté les gros. En fait, ils la faisaient plutôt sourire. Elle détestait, n°15, les clichés, mais il est parfois utile d'en inventer, et, pour la circonstance, elle en trouva un: quand on ne peut pas les combattre, il faut devenir leur allié.

Elle se dirigea droit vers les bureaux et demanda le gérant. «J'ai rien à perdre...» se dit-elle pour s'encourager, mais elle pensait à son identité juive, sa famille, son temps si précieux, sa fierté, ses devoirs...

Avant de voir le gérant, il fallait passer par une sorte d'assistante-secrétaire-réceptionniste. À *Good Buy*, elle se présentait sous forme d'une blonde décolorée, les cils couverts de mascara violet, les joues rouges de blush. Elle freina immédiatement la détermination de Samantha en lui disant: «Si vous venez pour le travail de Père Noël, c'est pas la peine, on n'auditionne que les hommes.» Samantha évoqua l'égalité des sexes, parla de discrimination, menaça d'appeler son avocat. À contrecœur, Miss Mascara finit par lui accorder un rendez-vous avec le gérant pour l'heure suivante. «Mais nous avons eu une cinquantaine de demandes, tous des hommes.»

Samantha n'avait jamais voulu être vraiment différente de ce qu'elle était, une fille blanche et juive, sauf en plus mince; mais pour la première fois, elle aurait voulu être UN Père Noël NOIR. Elle pensa même à se noircir le visage avec du charbon pour mieux les provoquer. Ou peut-être un Père Noël chinois, mexicain ou indien. Tout sauf cette Viking aux cheveux blancs!

Elle avait une heure à tuer. Elle pouvait manger, ou faire un peu de recherche. Elle retourna à la librairie afin de se documenter sur le Père Noël. Comme ça, elle pourrait les émerveiller avec son savoir. Elle réussissait toujours tout, sa mère pensait qu'elle était un génie, alors pourquoi pas eux?

Il fallait vraiment être un supergénie absolument surdoué pour trouver un livre un peu sérieux dans un centre commercial, mais ce fut fastoche de repérer *La Grande Encyclopédie de Noël* que les gens achetaient comme s'il s'agissait de la clé de l'éternelle sagesse. Parfois elle se demandait si les Américains n'étaient pas tous tarés.

L'encyclopédie disait que le Père Noël était une invention américaine. On l'appelait Santa Claus (saint Nicolas). Il fut décrit pour la première fois en 1822 par Clement Clark Moore dans un poème. Thomas Nast fit son portrait en 1860.

Tout le monde aux États-unis connaissait ce poème par cœur:

C'était la veille de Noël, et dans toute
[la maison

Pas une créature ne bougeait, même pas
[un moucheron
Les bas étaient accrochés près de la cheminée
Dans l'espoir que saint Nicolas très vite
[les remplirait.

Elle le récita la main sur la poitrine, puis continua sa lecture : « *Le personnage du Père Noël a été inspiré par saint Nicolas et importé par les protestants hollandais au* XVII*e* *siècle. On lui attribua les dons de magicien de l'ancien dieu nordique Odin et ceux du chasseur sauvage qui chantait tout au long des nuits d'hiver.* » Samantha adorait l'histoire, même l'histoire de Noël. Cela lui permettait de vérifier que la civilisation existait depuis bien longtemps.

Le Père Noël, Santa Claus aux États-Unis, n'était que bonté, justice, et il était surtout célèbre parce qu'il distribuait des cadeaux aux enfants qui le méritaient. Samantha chantonna des airs de Noël dans sa tête, puis passa en revue les différents noms de Santa Claus : Father Christmas en anglais, Papa Noël en Français, le Père Hiver en russe.

Samantha se dirigea vers le lieu de son entretien en chantonnant. Elle adopta une humeur rieuse et bon enfant et tenta d'imiter les bougonnements du Père Noël : « Hum, Hum ! » Elle imagina un Trivial Pursuit de Noël avec les noms des rennes du Père Noël.

Elle entra en valsant dans le bureau du gérant. Celui-ci avait l'air complètement débordé par la situation, et on voyait bien que le problème du nouvel emploi à créer alors qu'on était dans la période la plus chargée de l'année le rendait malade. Ces séries d'entretiens lui tapaient sérieusement sur les nerfs. De plus, il resta complètement déconcerté, comme tout le monde, par les cheveux blancs de Samantha. Beaucoup la prenaient en pitié en pensant à tous les effets secondaires des maladies bizarres qui envahissent la planète de nos jours. Certains l'évitaient, d'autres faisaient leur possible pour être gentils avec elle. Ce fut le cas du gérant de *Good Buy*.

Elle avait préparé tout un laïus brillant sur le Père Noël, mais elle n'eut pas l'occasion de le déballer. Le gérant resta interloqué, bouche bée pendant quelques minutes, puis réussit à crachoter: « Pourquoi avez-vous postulé pour cet emploi ? »

Samantha répondit du ton parfait de l'oral d'entrée à H.E.C. : « Cela apportera une contribution intéressante à la rubrique Expérience professionnelle de mon curriculum vitæ. J'aimerais acquérir une meilleure connaissance concrète du milieu du travail dans un grand centre commercial. Il faut ajouter que l'argent me serait utile en ce moment, mais surtout que j'adore les enfants. » Elle ne lui dit pas à quel point elle souhaitait chasser son ennui.

Elle pouvait raconter ce qui lui passait par la tête, de toutes les façons, le gérant, qui s'appelait M. White, à en croire l'étiquette accrochée à son veston, ne l'écoutait pas. Il regardait fixement ses cheveux blancs et ne put s'empêcher de s'exclamer: « En tout cas, vous avez la crinière qu'il faut pour le rôle ! Vous n'aurez même pas besoin d'une perruque ! »

« Que Dieu bénisse Ellie ! pensa Samantha.

Il y a toujours du bon dans les pires catastrophes. »

« Mais nous n'avons jamais engagé une femme pour cet emploi. Étant donné qu'il faut y passer de longues heures, nous avons déjà pris un jeune homme à mi-temps.

– Admettez que si le Père Noël a bien été traditionnellement décrit comme un vieil homme, c'est un personnage mythique avec des attributs maternels. » Elle était sur le point de lui dire qu'en Italie, la Befana, qui remplaçait le Père Noël, était une femme. Mais il l'interrompit.

« Comment t'appelles-tu ?

– Samantha Greenberg.

– Ma bonne Père Noël Samantha, tu es engagée ! Va vite remplir les papiers avec ma secrétaire et viens demain sans faute après le lycée. Ton costume sera prêt. »

II

Samantha n'était plus la même quand elle rentra chez elle. Elle en oublia même de s'acheter à manger, alors que c'était justement le but de son expédition dans le froid de la nuit. Sa maison non plus n'était plus la même. Tous les membres de sa famille grouillaient de tous les côtés occupés à leurs tâches quotidiennes : sa mère vieux jeu dans la cuisine, son père devant la télé dénudée de son camouflage, sa petite sœur Theodora en grande consultation devant le miroir de la salle de bains pour choisir des nuances de fard à paupières.

Sa mère, toujours effrayée par l'auréole blanche de Samantha et inquiète de sa trop bonne humeur, lui demanda : « Qu'est-ce qui ne va pas ?

– J'ai trouvé un travail à mi-temps.

– Bravo ! » Sa mère était convaincue qu'il fallait prendre des initiatives dans la vie. Après le choc des cheveux blancs, elle pouvait enfin penser que sa fille avait recouvré la raison. « Quelle sorte de travail ? »

Sans trop savoir pourquoi, Samantha préféra remettre à plus tard les précisions sur sa nouvelle entreprise. « Il y avait une annonce sur la vitrine de *Good Buy*. J'ai postulé et j'ai été engagée.

– Ils seraient bien fous de ne pas prendre un génie comme toi. Leur as-tu parlé de ton tableau d'honneur ?

– Ils ne me l'ont pas demandé.

– Qu'est-ce que tu vas faire ? Vendeuse ?

– Ben, pas exactement.

– Alors quoi ?

– Une sorte de comédienne.

– Quelle sorte ?

– Il faudra que je pose des questions aux enfants...

–Sur quoi ?

– Eh ben, pour savoir ce qu'ils veulent...

– À propos de quoi ?

– C'est un travail qui donne du plaisir au moment de... »

Samantha savait que le mot était une sorte de tabou chez eux, et elle n'arrivait pas à le prononcer.

« C'est un travail pour toute l'année ?

– Non, seulement jusqu'à... »

Sa mère commençait à comprendre, mais elle aussi essayait de ne pas trop savoir. Les questions devenaient cependant de plus en plus précises. « Tu as un uniforme ?

– Un costume.

– Est-ce qu'il est rouge avec des bords en fourrure ?

– Je ne l'ai pas encore vu.

– Est-ce que tu vas porter une perruque ?

– J'ai pas besoin de perruque.

– Une barbe ?

– Peut-être...

– Dans quel rayon ?

– Les jouets.

– Samantha, tu es devenue complètement folle ! Tu perds la tête ! »

Ce n'était pas la première fois que Samantha réprimait l'envie de dire à sa mère « Mêle-toi de tes oignons ! » mais elle n'en était plus capable. La seule fois où elle avait pu prononcer cette phrase, sa mère avait répondu : « Et c'est quoi, mes oignons, à ton avis ? C'est TOI, mes oignons, mes seuls oignons que j'épluche en pleurant à longueur de journée. Tant que je serai sur cette terre, je m'en mêlerai ! »

« Enfin maman, c'est toi qui me dis d'arrêter de me traîner sans rien faire dans la maison. Alors voilà, je me bouge le cul et j'arrive à obtenir ce superboulot alors qu'il y avait des centaines de candidatures. Ça va m'occuper, je vais gagner de l'argent et j'aurai quelque chose d'original à écrire sur mon C.V.

– C'est totalement incongru.

– Tu adores ce mot. Tu l'as toujours respecté et encouragé !

– Trahison !

– Allons maman, ce n'est qu'un boulot ! À mi-temps en plus !

– Tout comme le cambriolage, le meurtre, la prostitution !

– Oh maman ! C'est pas un crime, c'est un travail honnête. »

La bonne humeur exceptionnelle de Samantha commençait à s'estomper. Mme Greenberg se laissa tomber dans un fauteuil, se prit la tête entre les mains puis poussa un retentissant : « MORRIS ! »

Elle dut répéter cinq fois son hurlement avant que Morris ne se mette en vitesse de crise et n'abandonne sa télé en croyant que le dîner était prêt. Il eut l'air déçu de son mauvais calcul. La table n'était pas mise, il n'y avait pas une miette en vue.

Theodora, qui avait commis la même erreur, fit également irruption dans la pièce.

Samantha prit position pour affronter le peloton d'exécution.

« Ta fille a trouvé du travail, proclama Mme Greenberg.

– Chouette, comme ça je vais pouvoir prendre ma retraite. Où ça ?

– Chez *Good Buy*. Je veux que tu lui fasses entendre raison ! »

Morris se mit à marteler les bras de Samantha et à lui tapoter les joues. « Résonnons ! Tu m'entends ! Sonnez les matines, ding, ding, dong !

– Morris, c'est un drame, pas une comédie !

– C'est quoi comme travail ? Nul labeur n'est déshonorant.

– Père Noël !

– Père Noël ? » Morris avait toujours une boutade pour tout, mais là, il vira au vert et prit un air dépité en se laissant également tomber dans un fauteuil.

« Père Noël ! fit cette chipie de Theodora. Est-ce qu'on aura des réductions, du coup ?

– Il n'y a jamais eu de Père Noël dans notre famille !

– Tu es incroyable ! C'est un travail parfaitement respectable et œcuménique ! Le Père Noël est tout aussi humaniste que tous tes rabbins réunis. Je ne vais pas l'épouser, je vais juste jouer la comédie.

– Qui sait où cela pourra te mener ? Morris, va appeler le rabbin Poppel.

– Maman, le Père Noël n'est même pas chrétien. C'est un ancien personnage païen.

– Parce que les païens sont mieux ? Grâce à Abraham, nous avons laissé les païens loin derrière nous ! déclara Morris.

– Oh là là ! papa ! Je n'aurais pas pu imaginer que tu réagirais comme ça. C'est un petit boulot de rien du tout. C'est juste un joyeux symbole de bonté et de bonheur. »

Samantha savait qu'elle mentait.

« C'est un symbole de Noël. Noël c'est Noël. Tu es comme ces gens qui appellent un arbre de Noël un buisson de Hanoukka et disent que c'est un symbole de la moisson. Tu es comme les Berkowitz, qui accrochent des bas à leur cheminée et disent que le génie de Hanoukka va arriver !

– Je n'arrive pas à en croire mes oreilles.

– Et si quelqu'un te reconnaissait ? demanda sa mère.

– Je serai déguisée.

– Je serai déshonorée ! »

Mme Greenberg n'avait rien d'autre à ajouter, rien qu'un énorme « OY » pour souligner sa honte.

Morris haussa les épaules et dit : « C'est ta vie ! Fais ce que tu veux. »

Theodora ne dit rien. Elle ne savait pas de quel côté elle était. Personne ne souffla mot du début à la fin du dîner. Puis Samantha grommela. « Vous êtes à côté de la plaque. C'est pas un enterrement, c'est pas une mauvaise nouvelle comme la mort, la maladie, la guerre, la famine, les épidémies. Le Père Noël, c'est juste une comédie, pour rire, pour faire semblant !

– À *toi* de décider en quoi consistent les mauvaises nouvelles ! dit Mme Greenberg.

– En tout cas, c'est sûrement pas une bonne nouvelle ! » dit Morris.

« Honore ton père et ta mère ! » pensa Samantha en entrant chez *Good Buy*. Honorer son père et sa mère, c'est devenir qui on est, faire ce que l'on croit être juste, ou au moins faire ses propres gaffes toute seule. Elle n'était quand même pas très à l'aise...

Elle vit les queues d'enfants accrochés aux mains de leurs parents et murmura un « oy » à sa façon. Elle plongea dans les « coulisses » où régnaient cartons et étagères. Elle enfila son gros costume rouge avec sa fourrure blanche et sa veste gonflable pour avoir un gros ventre douillet. Elle ajusta la barbe et la moustache, s'enfonça dans les bottes et parada devant le miroir où se reflétait un nouveau mensonge. Il n'y avait rien à dire, elle était absolument devenue le Père Noël en personne. « Si moi je peux y croire, ils y croiront sans problème », se dit-elle.

Le gérant avait l'air ravi de son choix. « Tu es parfaite ! s'exclama-t-il.

– Dites-moi quelles sont mes obligations.

– Tes obligations ?

– Qu'est-ce que je suis censée faire ?

– Tu ne te rappelles pas quand on prenait ta photo avec le Père Noël ? »

Samantha ne voulait pas lui dire qu'elle avait

une lacune justifiée dans ce domaine, vu qu'elle n'avait jamais approché un Père Noël de sa vie. « C'était il y a longtemps, monsieur White. Les enfants sont différents maintenant.

– Plus les choses changent... Non, il faut simplement leur demander leur nom, quel âge ils ont, etc. Fais quelques " hum, hum " et passe au suivant. La queue fait déjà un kilomètre. Il faut que ça avance. Fais " tchiii... ze ", souris, et " au suivant ! " »

Samantha afficha un gros sourire sous la moustache broussailleuse, se dirigea vers la queue avec un profond « hum, hum ! » et s'installa sur son trône majestueux. La première cliente était une toute petite fille avec des rubans plein les cheveux. Quand Samantha lui demanda : « Comment tu t'appelles ? », la petite reine édentée et anonyme fondit en larmes. Samantha pensa à sa mère : « Peut-être que c'est bien un crime... » La petite fille ne savait pas son nom, elle ne voulait aucun cadeau pour Noël, elle ne voulait pas sourire pour la photo. Son père l'attrapa en hurlant : « Grosse vilaine ! »

« Au suivant ! »

Un petit Jérémie de cinq ans, beaucoup plus courageux, lui succéda. Il testa l'endurance du Père Noël en lui tirant les cheveux de toutes ses forces. Dieu merci pour la bonne image de *Good Buy*, elle n'était pas un Père Noël en toc. Jérémie se jeta alors à son cou pour la photo et lui annonça : « Quand je serai grand, je t'épouserai.

– Mais je suis un homme et toi aussi.

– Ça fait rien. On sera homosexuels. »

Stéphanie, la suivante, voulait également épouser le Père Noël, ignorant qu'elle aussi devrait être homosexuelle. La liste des noms qu'apprenait Samantha s'allongeait, mais la queue ne diminuait pas. Les Tom, les Johnny, les Jennifer et les Claire commençaient à peser sur ses genoux, et son sourire forcé lui donnait des crampes aux joues. Le magasin surchauffé, ajouté à la foule, faisait de ce travail une séance interminable de hammam. Cependant, les enfants étaient si remplis d'espoir que ce gagne-pain incongru à mi-temps après le lycée prit une importance à laquelle elle ne s'attendait pas.

Elle en avait marre de répéter « comment tu t'appelles ? » et essayait de trouver une question plus essentielle, quand une bande de mecs de sa classe apparut devant la queue. C'était parfaitement légal, il n'y avait aucune limite d'âge. Tous ceux qui étaient prêts à payer le prix pouvaient se faire prendre en photo avec le Père Noël. Il n'y avait pas besoin de croire au Père Noël pour faire marcher le petit oiseau. Elle connaissait ces trouble-fête et elle savait qu'ils mijotaient quelque chose. Tony Salamone sauta droit sur ses genoux et mit les bras autour de ce qui aurait dû être sa poitrine.

« Hum, hum ! Et toi, qu'est-ce que tu veux pour Noël, jeune homme ? » Elle connaissait déjà son nom, elle savait qu'il traînait dans la cour du lycée avec son éternelle cigarette aux lèvres. N°16 dans la liste des choses qu'elle détestait : les cigarettes. N°17 : elle détestait l'odeur de sa veste en cuir et, n°18, son haleine chargée de nicotine. Il la serrait si fort qu'elle eut peur qu'il ne perce la veste gonflable. Elle était sûre qu'il ne la reconnaissait pas. De toute façon, il n'avait jamais dû faire attention à elle. Elle était une discrète chouchou des profs. Lui et sa bande étaient leurs bêtes noires.

« Une bonne baise, soupira-t-il lascivement.

– Eh bien, jeune homme, hum, hum, j'espère que la vie t'offrira tous les plaisirs. Je te souhaite beaucoup de chance et espérons avec un grand sourire que ton rêve se réalisera. Tchiii... ze ! Au suivant ! » Deux brutes sautèrent sur ses deux genoux. « Nous sommes jumeaux », mentirent-ils. Bon, d'accord, Samantha voulait bien faire d'une pierre deux coups, s'ils ne la tuaient pas de fatigue avant qu'on en finisse. Elle n'allait pas commettre l'erreur de leur demander ce qu'ils voulaient pour Noël, elle fit mieux : « Que voulez-vous dans la vie ? »

Ils assaillirent ses deux oreilles avec un vigoureux : « Une bonne baise ! » Quand on pose une question stupide...

« Hum, hum ! Jeunes hommes, ceci est très

méritoire de votre part et j'espère que la vie satisfera vos désirs. Bonne chance et souriez pour le petit oiseau !

– Au suivant. » Elle pensait qu'elle avait vu le pire avec tous ces délinquants, mais quand elle leva la tête et vit Mme Leiberman avec ses trois filles, toutes les trois déjà sur ses genoux, elle fut remplie de consternation. Le pire, c'était de voir que Mme Leiberman traînait ces filles d'Israël à travers la foule païenne pour les avoir en photo avec le Père Noël.

Samantha était si choquée qu'elle ne leur demanda même pas leur nom, leur âge, ce qu'elles voulaient dans la vie ou quoi que ce soit. Elle se contenta de regarder Mme Leiberman fixement le plus méchamment possible et remercia le ciel de lui avoir donné une mère comme la sienne qui tenait à ses idées. Quand elle décida que Mme Leiberman avait eu sa dose de désapprobation, elle entendit le haut-parleur annoncer que le magasin allait fermer et demander aux clients de se diriger vers les caisses et la sortie. Le gérant vint la libérer.

« Ça s'est bien passé ?

– Il y a peut-être quelques progrès à faire, admit-elle.

– Qu'est-ce que tu racontes ? Tu as fait passer deux cents moutards ce soir.

– Peut-être pourrait-on leur apporter plus...

– Oh là là ! mon Dieu ! Je crois que j'ai engagé une intello ! Continue comme ça et tout ira bien. Il faut que ça avance, "tchiii... ze" et "salut" ».

Les derniers accords de *Mon beau sapin* se firent entendre parmi les ondes sonores déjà polluées par les cris des filles de Mme Lieberman. « Quelle bande de gosses déséquilibrés et attardés elle est en train d'élever ! De quel droit est-elle là ? »

C'est alors que Père Noël Samantha, tout en sortant du magasin, se demanda : « Et moi, qu'est-ce que je fais là ? »

III

Quand les Greenberg avaient acheté leur propriété, c'était comme *La Petite Maison dans la prairie* – le rêve des écologistes. C'était bien dommage que tant d'autres personnes aient eu exactement le même rêve, ce qui du coup avait transformé le rêve en cauchemar ! Les résidences poussaient comme des champignons et les arbres se faisaient tellement rares qu'on avait du mal à les trouver. Il y avait un incessant branle-bas de combat avec bulldozers et grues. Le vaste terrain vague en bas de chez Samantha, sur lequel elle avait tant joué, s'était transformé en parking bourré de voitures. Elle se rappelait ses heures de patin à roulettes, de vélo et ses premiers essais de conduite dans la vieille

Chevrolet de sa mère. Ce soir, les premiers flocons de neige commençaient à couvrir les voitures et ce paysage servait de transition entre sa première journée dans le monde du travail et la maison.

À la place de l'accueil souriant habituel, elle ne reçut que des regards hostiles et fut à nouveau remplie de culpabilité. La maison n'avait pas été aussi morose depuis la Seconde Guerre mondiale. Samantha provoquait des fissures dans leur solidarité avec son histoire de Père Noël. Comment une fille aussi généreuse et innocente pouvait-elle engendrer tant de déprime ? Elle se dit qu'elle allait remonter dans leur estime en leur racontant l'histoire d'horreur de Mme Lieberman, mais elle se rendit compte qu'elle-même ne valait guère mieux.

Samantha était trop fatiguée pour avoir faim. Elle leur offrit un « bonsoir » solennel et rempli d'espoir de paix, puis monta droit dans sa chambre, évitant à la fois ses devoirs et sa famille. Le lendemain matin, elle sortit en catimini en laissant un petit mot : *N'oubliez pas que je rentre tard ce soir aussi. Peut-être pourrez-vous tous prendre votre retraite bientôt !*

La neige avait pondu ses œufs durant la nuit entière. Jill, tout emmitouflée, l'attendait après son cours de maths. Que Dieu bénisse Jill ! Que Dieu bénisse ces bouffées d'amitié, ce visage familier prêt à s'apitoyer ou à se réjouir, ces oreilles attentives prêtes à entendre le débordement bruyant d'une petite vie.

« Theodora ne t'a pas donné mes trente-six mille messages ?

– Je vais la tuer !

– Elle m'a dit que tu travaillais, mais elle n'a pas pu m'expliquer ni où ni quoi parce que ta mère lui a fait jurer le secret. Je n'ai pratiquement pas pu dormir de la nuit à force d'essayer de percer ce grand mystère.

– On va être en retard. Je te dirai à midi.

– Dis-moi maintenant avant que je meure !

– Père Noël.

– Père Noël ?

– Le Père Noël et moi.

– Vous allez vous marier ?

– En quelque sorte. »

Au moins, Jill ne serait pas choquée. Elle était le fruit hybride d'un mariage mixte. Dans sa maison, on célébrait à la fois les fêtes juives et les fêtes chrétiennes, les fêtes nationales et toutes les autres sortes de festivités auxquelles on pouvait penser. Il y avait le Père Noël à Noël, Eliahu à la Pâque. On faisait de grandes fêtes pour les anniversaires ou en l'honneur d'écrivains albanais complètement inconnus, ou encore de révolutionnaires français. Son père était ethnologue et sa mère professeur d'histoire à l'université. Samantha adorait aller chez eux parce qu'elle était toujours sûre d'apprendre quelque chose de nouveau dont elle n'aurait jamais besoin.

Elle ne savait pas comment elle avait pu devenir la copine de Jill. C'était une telle chance d'avoir trouvé quelqu'un avec qui glousser et bavarder, quelqu'un qui vous remplisse d'affection et vous entoure de compassion. « On peut choisir ses amis, mais pas sa famille. » Eh bien, Samantha n'échangerait sa famille pour rien au monde, même pas pour ces adorateurs de fêtes et de plaisirs. On grandit dans sa famille et elle finit par vous entrer dans la peau. Vous en connaissez tous les frémissements et remous et les pires tempêtes vous deviennent chères, même si elles vous tapent sérieusement sur les nerfs. Il faut tout simplement payer le prix de cette délicieuse familiarité. En fait, on ne peut pas vraiment choisir ses amis non plus. Ils vous tombent dessus, et vous avez bien de la chance si quelqu'un d'aussi merveilleux que Jill croise votre route.

Jill aurait pu être une fille très populaire, adulée de tous, courant de fête en fête. Mais ça ne l'intéressait pas. Elle n'avait pas de temps à perdre. Comment aurait-elle pu à la fois achever sa ration hebdomadaire de lecture et se rendre aux matchs de football ? Mais on ne pouvait pas dire qu'elle était du type vieille fille grincheuse. Elle était sérieuse avec légèreté, alors que Samantha était pesamment sérieuse, et parfois même mortellement sérieuse. Tout était facile pour Jill. Rien ne posait problème. Personne dans sa famille n'avait d'ulcère. Personne n'avait de crise de nerfs. Elle ne savait pas ce qu'était l'angoisse. Elle n'avait jamais éprouvé de véritable anxiété. Pour Jill, la vie était un long fleuve tranquille. Même les garçons. Elle avait toujours un petit ami, elle sortait régulièrement, et s'amusait sans arrêt. Une des tâches qu'elle s'était fixée dans la vie était de fournir un petit ami à Samantha en puisant dans sa réserve. Mais Samantha n'arrêtait pas de rejeter ses propositions.

La semaine dernière, elles avaient failli en venir aux mains à cause de ça.

« Chris n'est pas seulement un grand sentimental, il est intelligent.

– Chris est chrétien.

– Je ne te demande pas de l'épouser, on va juste aller au cinéma et puis *ciao*.

– Tu me connais, je ne veux pas commencer un projet que je ne terminerai pas.

– Et ta vie, alors ? Elle peut très bien se terminer demain. Quand il y a eu le tremblement de terre, les pauvres victimes ne pensaient pas que leur vie allaient se terminer. Pourquoi ne peux-tu pas profiter de la vie tant qu'elle est là ?

– Tu raisonnes comme une vieille sorcière. Merci bien. Mais je tiens à mes principes. Beaucoup de gens bien ont vécu selon leurs principes. Si je meurs demain, raison de plus... j'aurai au moins la satisfaction de savoir que j'ai été méritoire.

– Si tu meurs demain, ça te fera une belle jambe ! »

Et ça lui faisait une belle jambe à Samantha maintenant qu'elle était pratiquement mariée au Père Noël. Comment Jill allait-elle la défier sur ces principes-là ?

La cantine était si bondée quand elles arrivèrent que les seules places qui restaient se trouvaient à une table bruyante de voyous punk, ces monstres qui avaient « violé » le Père Noël en personne la nuit dernière. Le cœur de Samantha se mit à battre comme une contrebasse.

« O.K., s'écria Jill, à vos marques, prêts, partez ! »

Samantha s'exclama d'une voix qu'elle tentait d'étouffer : « Pas maintenant ! Je te dirai plus tard. Je ne peux pas parler maintenant.

– Est-ce que tu perds la tête, Samantha Greenberg ?

– Tu es la deuxième personne à me dire ça en deux jours.

– Soit tu craches ton histoire, soit je me mets à crier de frustration et de curiosité.

– Je te promets que je te la raconterai. Fais-moi confiance ! Mais pas maintenant. » Samantha essaya de lui faire prendre conscience de la présence de leurs compagnons de table peu alléchants.

Jill lui tendit son cahier sur lequel elle avait griffonné : *Si tu as perdu ta langue, écris-le.*

« Impossible. Pas de traces, plus tard. Ferme-la et mange !

– C'est en train de devenir une histoire à coucher dehors. Tu me tues.

– *Impossible tuer Jill Levitan. Meilleure amie.*

Impossible vivre sans elle. Finir déjeuner et partir. Te dirai tout. »

Une fois dehors au milieu de la tempête de neige : « Alors maintenant dis-moi, c'est quoi, tout ce mystère ?

– J'ai trouvé un boulot à *Good Buy* après le lycée en tant que Père Noël. »

Jill fit grise mine. « C'est tout ? C'est pour ça que je n'ai pas pu dormir de la nuit ? C'est pour ça que tu as fait tout ce cinéma du secret ? C'est pour entendre ça qu'il m'a fallu patienter deux jours entiers ?

– Tu n'es pas choquée ?

– Est-ce que tu perds complètement la boule, Samantha ? C'est mignon comme tout, ce boulot. C'est génial. Je meurs de jalousie ! Combien de personnes peuvent se vanter d'avoir été le Père Noël ? Mais pourquoi en faire un tel plat ?

– C'est mes parents !

– Qu'est-ce qu'ils ont, tes parents ?

– Sont pas contents !

– Quoi de neuf là-dedans ?

– C'est contre leurs principes !

– Les principes font-ils partie de notre code génétique ?

– Ben oui !

– Où ça ?

– Dans le cerveau.

– C'est du lavage de cerveau, tu veux dire ! »

Afin de changer le sujet qu'elle avait tant de mal à expliquer à Jill, Samantha lui raconta le raid de la bande assise à leur table au déjeuner pour qu'elle comprenne pourquoi il lui fallait cacher son identité. Jill passa amicalement la main dans les cheveux fantomatiques de Samantha et lui dit : « Ma pauvre vieille Sam, tu peux pas te cacher, avec ça !

– Contente-toi de garder le secret. Ne le révèle à personne ! Jure-le !

– Je promets solennellement, croix de bois, croix de fer, si je meurs je vais en enfer, que je vais aller voir ma copine Père Noël après le lycée. Je vais même me faire prendre en photo. Je la donnerai à mes grands-parents pour Noël.

– T'as pas intérêt à me faire rire !
– Il vaut mieux en rire qu'en pleurer ! »

La neige avait formé une grosse moquette sur le parking quand Samantha toute recroquevillée et frigorifiée se fraya un chemin à travers la steppe. Ça lui fit penser à la Sibérie. Un des cousins de son père avait été déporté en Sibérie pendant la guerre. En fait, c'avait été une chance, car il avait survécu, contrairement à ceux qui avaient été envoyés dans les camps de concentration. « J'espère qu'on nous épargnera désormais ce genre de chance ! » pensa Samantha, tandis que le froid lui mordait les joues. Au lieu de courir se changer, elle s'arrêta au rayon papeterie et acheta du papier et des feutres. Elle n'y avait pas vraiment réfléchi, mais une idée commençait à lui trotter dans la tête.

Le costume de Père Noël l'attendait à l'endroit précis où elle l'avait accroché, juste à côté d'un autre costume identique qui était tout chaud et humide après sa journée de travail.

Elle était contente d'avoir le sien et de ne pas avoir à plonger dans la transpiration d'un autre Père Noël.

IV

Avant de grimper sur son trône de Père Noël, elle tendit le papier et les feutres aux enfants qui faisaient la queue.

« Faites-moi un dessin ! leur dit-elle. Écrivez un poème, une lettre, une chanson d'amour ! » Elle pensait que ça les aiderait à patienter. Elle détestait faire la queue ! Elle se remémorait les documentaires qu'elle avait vus sur Moscou où les gens perdaient la matinée entière pour une demi-baguette de pain. Maintenant qu'elle passait toutes ses journées au lycée et toutes ses soirées au travail, elle commençait à comprendre combien le fait d'avoir du temps était un luxe. Si seulement on pouvait avoir deux vies pour le prix d'une... ou même pour le prix de deux !

Avant même de s'asseoir, elle remarqua ce

grand type bizarre debout sur le côté, qui observait ses moindres gestes. Elle le vit regarder le gérant qui accourait en balançant ses bras, en se grattant le crâne et en marmonnant : « Qu'est-ce qui se passe ?

– Je commence mon service pile à l'heure.

– Mais pourquoi sont-ils assis par terre ? Où ont-ils trouvé ce papier ?

– J'ai acheté le papier et je le leur ai distribué. Il ne faut pas qu'ils s'impatientent, c'est mauvais pour le business.

– D'accord, d'accord ! Il faudra que j'apporte une poubelle. Ça va faire du désordre, dit-il en lui montrant sa désapprobation.

– Attendez une minute... » Samantha était en train de se triturer les méninges. « Est-ce que je peux vous parler un petit instant ? »

Elle emmena M. White dans sa « loge ». Il était au bord de la crise de nerfs. Il était maintenant en train de se gratter les aisselles comme un singe frappé de stupeur. « On n'a pas les moyens de perdre notre temps. Les gens sont en train de s'impatienter.

– Écoutez... Pourquoi ne pourrait-on pas organiser le concours *Good Buy* de la Rime à la Joie ?» Et pourquoi ne se mêlait-elle jamais de ses oignons ? Pourquoi devait-elle se lancer à corps perdu dans tout ce qu'elle faisait ?

« Tous les clients pourraient participer. Ça ferait une publicité monstre au magasin. Vous pourriez faire venir des journalistes et proposer un prix pour la meilleure contribution à de joyeuses fêtes. Ça encouragerait la créativité. *Good Buy* ajouterait de l'imagination à la tradition des jours de fête ! »

M. White arrêta de se gratter et pointa un doigt contre son crâne comme s'il allait se tirer une balle dans la tête. « C'est pas bête. Je vais y penser. Ça pourrait être une bonne idée de relations publiques. Je vais voir comment mettre ce projet en œuvre. Mais, pour le moment, continue à faire avancer la queue. "Tchiii... ze" et "au suivant". »

Samantha posa son joyeux derrière sur le fauteuil royal, toujours consciente des deux yeux fixés sur sa mascarade. Quand elle vit

M. White se diriger vers l'espion et lui parler, elle se dit que l'intrus était simplement un surveillant du magasin qui s'ennuyait avec les clients trop honnêtes, et elle le chassa de son esprit.

« Hum, hum! grommela Samantha à l'attention de son premier client. Et que peut-on faire pour vous, ma jeune dame? » L'enfant donna son poème au Père Noël:

Je ne crois vraiment pas du tout
Que le Père Noël aime les petits bouts d'chou
L'année dernière il a complètement oublié
Tout ce que je lui avais demandé.

« Tu sais, le Père Noël a beaucoup à faire, alors je vais te dire un grand secret: si on ne te donne pas exactement ce que tu désires, essaie de désirer ce qu'on te donne. » L'enfant eut l'air un peu surprise, mais contente d'avoir une solution. Elle lui fit un grand sourire.

Samantha reçut ensuite une douzaine de portraits d'elle-même en Père Noël de tailles différentes, en général peu flatteurs. Ses commentaires : « Oh ! c'est original ! C'est cool ! C'est adorable » lui permirent d'éviter de poser la sempiternelle question : « Qu'est-ce que tu veux pour Noël ? » et de faire avancer la file rondement. Le fantôme était toujours là, la fixant de ses grands yeux pénétrants avec un sourire au coin des lèvres. Puis Jill débarqua sur ses genoux et colla sa joue contre la sienne pour la photo. « C'est un moment historique, ma fille. Un grand "tchiii... ze" !

– Jill, tu vois ce mec, là-bas ?

– Ouais !

– Il n'a pas bougé de la soirée. Il me file les boules. Il veut quoi, à ton avis ?

– C'est un fana du Père Noël. Peut-être qu'il est tombé amoureux de toi.

– Et s'il me suit jusqu'à la maison ?

– Fais-le entrer et offre-lui un verre.

– Écoute, Jill, j'ai peur.

– Si tu veux, j'appelle ton père pour qu'il vienne te chercher.

– Jamais de la vie !

– Mon père à moi, alors?

– Non, non, ce n'est qu'un tour de mon imagination morbide. Laisse béton.

– Je te passe un coup de fil ce soir, et si tu n'es pas rentrée, on envoie la police à ta recherche.

– D'accord, tu ferais mieux de partir, Jill, ma fille, regarde la file!»

C'était vraiment contagieux, tout le monde était en train de dessiner des Pères Noël, il y en avait même des squelettiques. Samantha les empila, sourit et garda la pose jusqu'à ce qu'un poème atterrisse sur ses genoux et la fasse frémir:

Youp là ma fille a perdu la boule
Youp la ma fille au milieu de cette foule
Youp la ma fille que fais-tu là?
Youp la ma fille, est-ce bien toi?

Samantha s'attendait à sentir un poids sur ses genoux, mais c'est son cœur qui se mit à battre quand sa mère apparut devant elle en grandeur nature. «Je voulais te voir au travail.

– Tu vois, maman, chuchota-t-elle, c'est pas du vol, ni un crime ni de la prostitution.

– J'ai appelé le rabbin Poppel. »

« Oh là là ! » se dit Samantha. « Quel est son verdict ?

– Il va y réfléchir.

– Réfléchis toi-même, maman, tu vois bien qu'il n'y a aucun mal. Tu veux une photo historique ? C'est moi qui paie.

– Jamais de la vie !

– D'accord, maman, merci d'être venue, je te verrai plus tard. »

Un deuxième non-client fit suite à sa mère. Un père enragé – Dieu merci ce n'était pas le sien – la tira sur le côté, lui arrachant pratiquement le bras. Il abandonna sa petite fille en lui criant rageusement : « Ne bouge pas ! Je reviens tout de suite ! »

« C'est un scandale ! » rugit-il. Samantha était bien contente que sa mère ne soit plus en vue et souhaita que le fantôme disparaisse ou vienne à sa rescousse.

« Que puis-je faire pour vous ? » Elle ne savait pas où elle avait appris la diplomatie, certainement pas dans sa famille.

« Écoute, mon vieux, quand j'étais gosse, on n'avait pas besoin de sortir toute une poignée de dollars pour s'asseoir sur les genoux du Gros Barbu. C'est une stratégie commerciale des magasins pour attirer les cartes de crédit. »

Samantha avait l'impression de reconnaître ce type. C'était sans doute un prof de son lycée. Elle ne savait pas ce qu'il enseignait, sûrement les droits de l'homme. Il était odieux et agressif, mais elle était de son avis.

« On ne peut pas autoriser des requins à se faufiler entre nos rêves et nous », poursuivit-il.

Samantha aurait pu se réfugier derrière le fait qu'elle n'était qu'une employée et l'inviter à exposer son problème au gérant, mais elle se dit que cela le rendrait fou furieux, et qu'en plus il avait absolument raison.

« Je n'avais jamais vu la chose sous cet angle, admit-elle, mais en fait, vous devez payer pour la photo. Si vous ne voulez pas faire de photo, la “consultation” est gratuite, tout comme dans votre enfance.

– Dites donc, vous êtes une fille !

– Chut ! C’est un secret professionnel.

– Je ne dirai rien, promis. Je suis désolé d’avoir été violent avec vous.

– Je suis contente que vous ayez fait votre remarque. Voyons votre petite fille. Peut-être que ça lui ouvrira des perspectives de carrière, elle peut avoir envie de devenir Père Noël aussi quand elle sera grande. Quelle brillant avenir ! »

La petite fille abandonnée était en larmes et c’était le détective présumé du magasin, en tout cas le fantôme aux yeux pénétrants, qui la consolait. « Allons, Amandine, arrête de pleurer. »

Ils étaient les derniers avant la fermeture du magasin. Samantha n’arrivait pas à le regarder, bien qu’il n’y ait personne d’autre dans le rayon. Elle prit dans ses bras la petite fille qui tapait des pieds en signe de protestation et lui chuchota : « Tu sais ce qu’il veut, ton papa, pour Noël ? »

La petite Amandine arrêta de pleurer. Samantha la reposa à terre, s'assit sur son trône et tapota sur ses genoux pour lui montrer où s'asseoir. « Amène-moi ton père », ordonna-t-elle. Amandine poussa son père sur les genoux du Père Noël et sauta sur les siens. Ils étaient tous en train de rire quand le photographe s'approcha.

« Pas de photo s'il vous plaît ! le prévint Samantha. Ils ne veulent pas être photographiés.

– Attends, Père Noël, dit le père, faut aller jusqu'au bout, tant qu'à faire. Tchiii... ze. »

Il fut le premier client à donner un pourboire à Samantha et il partit, sa petite fille au bras, avec leur portrait à trois étages.

Elle aurait bien aimé prendre une douche avant de se changer. Elle se déshabilla et s'éventa avec ses habits. En fait, elle aurait froid bien vite dès qu'elle mettrait les pieds dehors. Elle aperçut le reflet de la culotte vieux jeu de tante Millie. Et dans le miroir, derrière le soutien-gorge en coton et son jean délavé, se trouvait l'espion, ou peut-être le voyeur. Ça lui était égal, elle était complètement asexuée dans son accoutrement virginal, elle pouvait toujours être prise pour le Père Noël. Asexuée... mais effrayée quand même...

Et maintenant il la suivait dehors, à travers le parking, et jusqu'à sa rue, comme s'il avait planifié son assassinat. Elle était complètement à bout de souffle, moitié courant, moitié marchant. Il n'y avait rien ni personne dans les rues, à part la neige. Elle ne pouvait pas aller plus vite, elle risquait de se casser la figure. Quand elle atteignit sa rue, ses doigts et ses orteils étaient tellement gelés qu'elle était sûre de les avoir perdus en route. Elle ne savait pas si on en mourait, ou si on se contentait de vous amputer. Elle pensa encore une fois à la Sibérie. Et c'est là qu'elle tomba sur la glace, en plein sur ce que son père appelait son « superpopotin ».

Elle gisait là, incapable de remuer, pensant : « C'est ce que je mérite. Dieu a envoyé sa punition. »

Elle n'essaya même pas de se lever ou de crier à l'aide, tellement elle était persuadée que c'était son destin de mourir là, avant même que la vie n'ait réellement commencé pour elle, dans le froid glacial de la nuit.

Il se pencha sur elle et la souleva sans effort. C'était lui, tout à la fois espion, détective du magasin, fantôme et sauveur. Ça lui était bien égal de savoir qui il était. Il était tout chaud, douillet et compatissant. Elle n'avait pas d'autre choix que de s'appuyer contre lui. Il n'avait pas l'air de vouloir la tuer, même pas de la violer. De toutes les façons, son instrument de viol était probablement gelé aussi. Les seuls sons qu'ils échangèrent furent des bulles de B.D. : « Oh ! » « Ah ! » « Ouille ! » « Aïe ! »

Elle avait peur de bouger. Il était paralysé. La conversation était congelée. Les mots étaient des glaçons dans leurs cerveaux. C'était bon. C'était bien. Ils prenaient le temps de dégeler. La glace fondit et le résultat fut un timide : « Je m'appelle Sam. »

Samantha pensa à Tarzan : « Non ! Toi Tarzan, moi Jane. » « Non, c'est moi Sam ! le corrigea-t-elle.

– Je m'appelle Sam Rothberg. »

Elle eut l'air perplexe. « C'est pas possible ! Moi je m'appelle Sam Greenberg.

– À nous deux on forme une couronne de Noël, roth : rouge, et green : vert.

– On m'a prénommée Samantha d'après mon grand-père Sam. Il n'y avait pas de garçon dans la famille, lui révéla-t-elle, stupéfaite de la coïncidence.

– On m'a aussi prénommé d'après mon grand-père Samuel.

– Pourquoi m'as-tu suivie ?

– J'ai pensé que tu pouvais tomber.

– Pourquoi m'espionnais-tu ?

– Je suis l'autre Père Noël. »

Elle ne l'invita pas à prendre un verre. Ce n'était pas la coutume chez elle.

V

Samantha entra dans la maison complètement hébétée. Sa mère l'attendait, plus docile, mais toujours hostile. «Je t'ai réchauffé la soupe.

– Tu es une vraie mère pour moi!» Dieu ne pouvait pas être partout, alors il créa les mères. «Maman, je n'arrive même pas à me déshabiller, je suis si morte et congelée.» Sa mère tira et poussa, toute contente de retrouver sa petite de trois ans. Il faut laisser les mères nous materner!

Samantha réchauffa ses lèvres avides avec des cuillerées de soupe. La soupe! Dieu ne pouvait pas être partout, alors il créa la soupe. Une épaisse soupe de légumes, crémeuse, un bouquet de saveurs se glissant au plus profond d'elle-même, faisant fondre ce frisson mystérieux. Sa mère n'était pas un cordon bleu, mais elle était la reine de la soupe. Toutes ses soupes étaient des chefs-d'œuvre: la soupe aux pois cassés, la soupe au maïs, la soupe aux patates et aux poireaux, la soupe de poulet. Mais le bortsch! Le bortsch était le n°19 sur la liste des choses qu'elle détestait, de même que tout autre mets préparé avec des betteraves. Elle détestait tellement les betteraves que, quand elle avait neuf ans, elle avait demandé à sa mère d'écrire une lettre à la directrice de la colo pour l'avertir qu'elle était allergique à tout ce qui était rouge. Ça avait marché pour les betteraves. Elle pouvait vivre sans tomates aussi. Mais elle avait oublié les fraises, la pastèque, les framboises, les cerises. Y a-t-il une justice?

Et Rothberg! Sam Montrouge. Elle ne semblait pas être allergique à lui. Elle mourait d'envie d'en parler à sa mère. Elle adorait lui annoncer de bonnes nouvelles. Les seules bonnes nouvelles dans sa vie jusqu'à présent étaient les bonnes notes. Elle se délectait de la fierté de sa mère à chaque fois, mais ce n'était pas le cas ces derniers jours.

Au lieu de lui raconter l'histoire de l'autre Père Noël, elle se contenta de demander : « Alors, maman, dis-moi la vérité, ce n'est pas si tragique... Qu'est-ce qu'en a pensé le rabbin Poppel ?

– Il pense que c'est contagieux. Il était perplexe et inquiet. C'est une épidémie, m'a-t-il dit. Que tu veuilles me croire ou non, il a reçu un coup de téléphone d'une autre mère dont le fils est également Père Noël. Oyoyoy ! Où tout cela nous mènera-t-il ?

– Et alors, quel est son avis ?

– Il y réfléchit.

– C'est bien, s'il y réfléchit jusqu'au 24 décembre, ce sera terminé, et personne ne sera mort de ce virus.

– Tu es trop maligne, ça ne te fera aucun bien !

– Laisse-moi être maligne pour le bien de l'humanité !

– SAM ! hurla-t-on du haut des escaliers. C'est Jill !

– Je n'ai même pas entendu le téléphone

sonner. Mon tympan doit être complètement frigorifié. DIS-LUI QUE JE LA RAPPELLE TOUT DE SUITE ! » Il ne fallait pas laisser refroidir la soupe.

Chaud, n'importe quoi de chaud. Elle se plongea dans un bain bouillant et savourait des rêves fumants, quand un nouveau « SAM ! » lui arriva à travers les murs. « TÉLÉPHONE ! »

Se soulever lui demanda un effort de baleine ensuquée, et elle parvint à se traîner toute dégoulinante jusqu'au téléphone près de son lit. Elle laissa tomber la serviette et se fourra sous les couvertures sans même enfiler son pyjama de flanelle. Un frisson de désir lui traversa le corps alors qu'elle se demandait si c'était LUI. C'était bon d'espérer, mais il valait mieux ne pas trop y compter. C'était Jill.

« Qu'est-ce qui se passe ? Je suis là comme Pénélope à attendre ton appel...

– Il fallait absolument que je prenne un bain, j'étais proche de l'évanouissement à l'odeur de mes aisselles puantes. J'allais juste t'appeler.

– Alors tu n'as été ni attaquée ni violée. Qu'est-ce qui s'est passé ?

– Je suis tombée…

– Tu es tombée ?

– … amoureuse !

– Je ne te crois pas ! De qui ?

– Du Père Noël !

– Allons, Samantha, arrête tes conneries. Tu es de plus en plus cinglée !

– Je suis vraiment tombée, en plein milieu d'Elmwood Avenue, devant la septième maison à droite. Qu'est-ce qui est noir et bleu, rouge et vert et a mal partout ?

– Toi ! Pourquoi n'as-tu pas fait du stop pour rentrer chez toi avec tes rennes ?

– Ils se reposent en attendant le grand soir.

– D'accord, t'es tombée. Tu t'es rien cassé ?

– Pas encore, dit Samantha en pensant à son cœur brisé.

– Et l'espion, alors ? Il ne t'a pas suivie ?

– Si !

– On dirait que je t'arrache les dents une à une. Pourrais-tu coopérer ? Crache ! »

Samantha lui raconta sa belle histoire sensuelle : comment il l'avait espionnée alors qu'elle était en sous-vêtements, comment il l'avait suivie pas à pas jusqu'à Elmwood, combien elle était terrorisée, comment elle était tombée et avait pensé que c'en était fini. Jill haletait avec des « Mon Dieu ! » et des « Doux Jésus ! » Elle aimait être impartiale avec ses deux religions.

« Que s'est-il passé quand tu es tombée ?

– Il m'a ramassée !

– Et ensuite ?

– C'est là que je suis de nouveau tombée...

– Quelle empotée tu fais !

– Tombée amoureuse, ma petite Jill.

– Tu es folle à lier ! Tu tombes amoureuse de ce terroriste voyeur de petites culottes et tu refuses de sortir avec cet adorable joli cœur de Chris ? Est-ce que tu es tombée sur la tête ? »

Samantha pensa à son oncle Jerry, quand il voyait des gens stupides il disait : « Il a son cerveau dans les fesses ! » Elle répondit : « Ouais, peut-être !

– Bon, mais qui c'est ce mec, au fait ?

– Le Père Noël.

– Samantha, je te préviens, je déteste être grossière, mais je vais te raccrocher au nez !

– Écoute, je t'expliquerai demain. Mais pour que tu ne perdes pas le sommeil, sache que c'est l'autre Père Noël à mi-temps de *Good Buy*. Il s'appelle Sam !

– Sam, la vie n'est pas comme ça. Tu ne peux pas tomber amoureuse d'un Père Noël appelé Sam !

– Jill, je te le jure !

– Est-ce qu'il est intelligent ?

– Je sais pas. Les seuls mots qu'il ait prononcés ont été son nom : le Père Noël.

– C'est quoi son nom de famille ?

– Il vaut mieux que je ne te le dise pas, tu ne me croiras pas de toutes les façons.

– Sam Greenberg !

– Tu chauffes, tu brûles... Sam Redberg, Sam Rothberg !

– Ça ne peut pas être vrai !

– À moins que je ne sois réellement tombée sur la tête et que je n'aie imaginé toute la scène.

– Est-ce que vous vous êtes touchés ?

– On s'est beaucoup touchés ! » Samantha sentait encore la chaleur de son corps qui la soutenait.

« Est-ce qu'il est beau ?

– Je ne sais pas, je ne l'ai pas regardé, je l'ai juste senti. Il est grand ! Tu l'as vu toi-même, je te l'ai montré du doigt quand il me regardait dans son coin.

– Je n'ai pas pris de notes.

– Voilà, je te laisse. Je m'envole au pays des rêves. Allons, mes rennes de Noël. En route !

– N'oublie pas l'exam.

– Oh ! mon Dieu, j'ai complètement oublié cet exam ! Mais qu'est-ce qu'un examen quand on est amoureuse ? Je te parie que l'amour me soufflera les bonnes réponses. »

Et, en effet, l'amour lui donna les bonnes réponses sans qu'elle eût besoin de s'arracher les yeux sur son manuel toute la nuit comme elle le faisait d'habitude. Elle n'avait jamais raté un examen de sa vie et ça l'inquiétait plutôt. Le rabbin Poppel leur avait déclaré qu'on apprend davantage des échecs que des succès. Il disait : « Avez-vous jamais vu une carte de visite qui vantait un échec au bac, deux ruines, trois divorces ? » Selon le rabbin, on construit sa vie sur les tribulations, les erreurs, la persécution, une petite dose de famine et des pelletées de douleurs. Samantha se demandait si le judaïsme n'était quand même pas un peu bizarre... ou peut-être les juifs avaient-ils conçu cette philosophie de la vie sur mesure, pour l'adapter après coup à leur propre histoire...

Elle se sentait quand même insatisfaite et coupable devant la saga quotidienne des guerres et des malheurs qui s'étalaient sur l'écran de télé. Sa seule concession à cette maudite boîte était les nouvelles. Elle regardait et attendait pendant que la vie faisait ses bourdes gigantesques sur lesquelles se construit notre monde. Parfois elle aurait aimé être non pas le Père Noël, mais Superman. Et pourtant elle n'avait jamais été aussi heureuse que sous forme de glaçon bien au chaud et chouchoutée dans les bras de son courageux Samson. Peut-être allait-elle échouer dans son rôle de Père Noël... ou peut-être qu'elle échouait dans sa vie de juive? Mais quelle leçon pouvait-elle en tirer pour faire plaisir au rabbin Poppel?

Elle savait qu'elle avait une chance folle. Tout le monde le lui avait dit depuis le jour de sa naissance. Être américaine, vivre dans l'abondance, la liberté, etc. C'était être pourrie, gâtée. Alors comment pouvait-elle forcer la vie à se retourner contre elle? Comment peut-on arrêter d'être gâtée? Elle se disait souvent qu'elle pouvait partir à l'aventure afin de trouver un peu de plénitude dans la misère.

Jill, complètement captivée par cette merveilleuse histoire d'amour ardent sous la glace, écouta chaque détail croustillant jusqu'à ce que ses oreilles en bourdonnent.

Samantha survécut à l'interminable journée de lycée, tout emplie de l'espoir de le revoir bientôt. La semaine précédente, le lycée était tout son univers, mais, ce jour-là, elle sortit avec

avec précipitation de son dernier cours afin d'arriver au magasin à temps pour le voir se changer de Père Noël en Sam. Malheureusement, au milieu de la cour, elle entra en collision avec le client belliqueux de la veille. Il s'arrêta net et s'apprêtait à faire une remarque déplaisante quand elle lui demanda : « Comment va Amandine ? » Il fut complètement stupéfait, mais n'eut pas du tout l'air de la reconnaître. Elle continua sa route, mais fut arrêtée par le conseiller éditorial du magazine du lycée. Elle l'aimait bien, mais pas à ce moment précis. C'était toujours comme ça, quand on est désespérément pressé, on rencontre absolument tous les êtres humains qu'on a le malheur de connaître sur cette terre.

« Nous avons l'intention de te demander d'être le prochain éditeur en chef de *Spotlight.* »

Un autre jour, cette nouvelle l'aurait directement envoyée au septième ciel, mais elle devait s'occuper de vivre les prochaines minutes de sa vie là où se trouvait Sam, et c'était trop urgent pour pouvoir s'évanouir de bonheur.

«Je suis très honorée. Pourrions-nous en parler à un autre moment ?»

M. Grossman eut l'air blessé, et elle ne voulait pas lui expliquer toute l'affaire du Père Noël.

« Très bien, ma petite. Tu as l'air pressée. Penses-y et viens m'en parler quand tu auras une minute. »

Mais elle n'était pas au bout de ses épreuves. Cette vieille fille de Mlle Hall, son professeur d'histoire à l'air préhistorique, qui l'aimait encore plus maintenant qu'elles avaient la même couleur de cheveux, devait la féliciter de tout son cœur. «J'ai noté ta copie. Tu as encore eu 20. » Samantha savait qu'elle ne méritait pas 20, mais les profs fonctionnent par abonnement : ils vous lisent une fois et puis ils économisent leur temps en décidant que si vous avez eu 20 une fois, vous aurez 20 *ad vitam æternam.* Ils vous étaient reconnaissants de pouvoir gagner du temps en notant les copies.

Mais Mlle Hall ne fut pas la dernière. Sa prof de gym lui courut après alors qu'elle quittait l'établissement. Samantha était son unique échec pédagogique. Elle était incapable de faire une cabriole, de faire la roue, et même de toucher ses orteils. Mlle Thomson était si pleine de zèle qu'elle avait décidé de commencer un cours de rattrapage en gym. « Est-ce que tu viendras, Sam ?

– Est-ce que je peux vous donner ma réponse après les vacances de Noël ? Il faut vraiment que j'y aille maintenant. J'ai un travail à mi-temps.

– Oui, bien sûr, mais sache que je compte sur toi ! »

Quand Samantha arriva à la loge du Père Noël, M. le Père Noël senior s'était envolé, et tout cet espoir qu'elle avait emmagasiné toute la journée se désintégra comme un pruneau desséché dans son cœur. Elle plongea le visage dans son costume afin d'essayer de cueillir une dernière bouffée de son odeur. Elle se souvint de l'époque où elle se cachait dans les jupes de sa mère pour calmer une déception. C'est dans cette position d'autruche que le gérant la trouva. Il venait l'accueillir avec ses paroles de bienvenue: «Dépêche-toi, Samantha. L'autre Père Noël à mi-temps a dû partir tôt aujourd'hui et toi tu arrives en retard. Il m'a dit qu'il allait te demander si tu pouvais arriver en avance aujourd'hui. Je lui ai donné ton numéro. Il ne t'a pas appelée?

– J'étais au lycée toute la journée.

– Bon, d'accord, c'est la pagaille dehors. Habille-toi vite et en route. Fais avancer la musique, "tchiii... ze" et "au suivant!"

– Je vais faire de mon mieux!

– Au fait, le P.-D.G. a aimé ton idée. Il dit que tout est bon pour faire marcher le business, même un concours de rimes. Il est venu ce soir et il aimerait te voir avant de partir.»

Samantha émit un «oy!» ancestral. Il y a des jours qui sont beaucoup trop longs. Qu'est-ce qu'elle était venue faire dans cette galère? Pourquoi investissait-elle toute cette énergie dans... Noël?

Et la voilà dehors avec des «hum, hum!» Mais elle était vraiment dans ses petits souliers.

Il avait probablement attendu toute la soirée juste pour lui demander un service, alors pourquoi ne l'avait-il pas fait ? Peut-être qu'il bégayait et ça lui faisait honte. Peut-être était-il complètement demeuré, ou tout simplement hypertimide. Que faire avec les timides de cette terre ? C'était tellement bête d'être timide. C'était tellement bête de se trouver assise sur son trône, en plein milieu de *Good Buy* dans son costume rouge bouillant. Peut-être qu'elle aussi avait le cerveau à l'envers. Et elle était tellement fatiguée. Elle se dit que c'était elle qui allait bientôt prendre sa retraite.

VI

Cette soirée de travail était bien maussade. Elle avait un œil à l'affût de Sam, l'autre clignait devant l'appareil photo. Elle était plus photographiée que n'importe quel top model ou vedette de cinéma, et pourtant Samantha avait l'impression de ne pas faire un bon Père Noël. Elle entendit même un enfant dire : « Quel Père Noël minable ! » Elle était sur le point de tout abandonner. La prochaine fois, elle tenterait sa chance comme renne. Elle eut le privilège douteux de rencontrer le P.-D.G. de la chaîne, un petit homme tout gris, nerveux, qui se prenait pour Napoléon et pensait que ses magasins étaient des champs de bataille à conquérir.

« Nous avons aimé votre idée, et nous apprécions votre intérêt pour le magasin, déclara M. Bidet. Comment concevez-vous ce concours ? »

Samantha était un peu surprise de voir qu'il ne suffisait pas d'avoir des idées, mais qu'il fallait également les réaliser soi-même. Elle y avait un peu pensé avant que son cerveau soit aveuglé par l'amour, elle n'avait qu'un misérable petit projet à lui soumettre. Il prit une forme beaucoup plus structurée et autoritaire qu'elle ne l'aurait voulu.

« Voilà ce que je peux vous suggérer...

– Attendez une minute, s'il vous plaît. Je vais demander à ma secrétaire de prendre des notes...

– C'est très simple... » Mais M. Bidet était déjà parti en courant. Il fut de retour deux « tchiii... ze » plus tard.

« Je vous en prie, commencez, dit-il à sa sténographe sur le qui-vive.

– Tout d'abord, on pourrait annoncer le concours *Good Buy* de la Rime à la Joie... on peut toujours chercher un meilleur nom. Tout client souhaitant participer peut le faire en écrivant un poème, une comptine, une chanson, du rap, des impressions, tout ce qu'il veut, du moment que c'est dans l'esprit joyeux de Noël.

– Ça m'a l'air très bien. » Samantha se dit que ce qui lui paraissait très bien, c'était de ne pas avoir à y penser lui-même.

« Bien sûr, il vous faudra travailler pour trouver les conditions, le prix, le jury. Il faudrait arrêter le concours la veille de Noël et faire la cérémonie la veille du nouvel an. Il vous faudra trouver quelqu'un pour coordonner tout ça, la publicité, le personnel, le jury, les prix, et peut-être un grand spectacle et un défilé. Cela pourrait devenir un événement traditionnel pour le magasin.

– Peut-être que vous pourriez recruter le jury dans votre lycée ?

– Vous voulez dire des volontaires ?

– M. White fera le budget du concours et on verra ensuite.

– Et l'autre Père Noël ? demanda Samantha, le souffle court.

– Je ne l'ai pas rencontré, mais je lui en parlerai. Il va nous falloir travailler rapidement, car nous manquons de temps. Je vais mettre une annonce dans le journal *News* et nous aurons probablement des candidatures dès demain.

– Et après ?

– Seriez-vous d'accord pour travailler sur ce projet ?

– Je veux d'abord savoir ce qu'en pense l'autre Père Noël.

– D'accord, on reste en contact. Feu vert pour l'annonce. »

« Bien sûr que je veux savoir ce que l'autre Père Noël pense de tout ça ! » se dit Samantha, toujours sous le charme de la chaleur de leur rencontre brève mais efficace. Elle était inquiète de se retrouver plongée encore plus profondément dans les fêtes de Noël, ces sables mouvants chrétiens. Une mauvaise action en engendre une autre. Mais elle oublia ses réticences quand elle lut les premiers poèmes deux jours plus tard.

Pourquoi Noël a-t-il été inventé ?
Vous vous levez en pleine obscurité
Le matin n'est qu'un apprenti sorcier
Mais le jour vient s'infiltrer sous votre nez
Et la nuit retombe comme si la vie se défilait
Décembre est un mois triste et sombre
Qui transforme tout en vilaines ombres.
Mais quelqu'un proposa un projet astucieux
Pour envelopper nos cœurs d'un bon miel
[moelleux
Et chasser la nuit par des éclats ensoleillés
Nous rendant tous heureux, joyeux et gais.

Samantha n'arrivait pas à s'arrêter de lire les premiers textes. Elle n'aurait jamais cru qu'il y avait tant de poètes. Il suffit de distribuer des crayons et du papier pour faire germer la poésie.

On lui apprit que le premier prix était un voyage à Pembroke Pines au soleil de la Floride. Elle ne savait pas du tout pourquoi Pembroke Pines était si spécial et comment c'était devenu le prix. Elle savait seulement qu'elle ne voulait absolument pas y aller si ça ressemblait de près ou de loin à l'endroit où ses grands-parents avaient l'habitude d'aller. Elle préférait recevoir un bon d'achat de *Good Buy* pour en profiter durant les soldes de janvier. Ou encore le week-end à New York. Quoi qu'il en soit, le concours avait commencé depuis belle lurette, et elle n'avait toujours pas vu Sam, son homonyme adoré. Jill était persuadée qu'elle avait rêvé toute cette histoire et Samantha commençait également à le croire. Les poèmes l'aidaient à se remonter le moral, qui avait dégringolé bien bas.

EN SOLDE DANS LES GALERIES GALLA
50 % DE RÉDUCTION

1er étage
Amour – Fraternité
Liberté – Beauté

2e étage
Bonheur – Vérité
Plaisir – Égalité

3e étage

Savoir – Jeunesse

Temps – Câlins

4e étage

Intelligence – Bonté

Compassion

Sous-sol des bonnes affaires :

Solitude – Inquiétude

Douleur – Haine

Samantha mourait d'envie de les montrer à Sam. Elle dit à Napoléon junior qu'elle rassemblerait un jury au lycée et qu'ils publieraient même quelques poèmes dans *Spotlight*. Mais pas celui-là :

Père Noël par-ci, Père Noël par-là
Sans culotte le revoilà
Il vient, il va
Il fait la java
Gros clown, gros pépère

Grosse cloche en l'air
Ses chaussettes ont des trous
Ses cheveux sont pleins de poux
Et il se fout de nous !

Si seulement Sam pouvait être partout ! Mais il n'était nulle part. Le lycée était devenu une plage de temps perdu. Tous les jours, à la sortie, Samantha courait au magasin pour arriver avant son départ, et tous les jours il se débrouillait pour l'éviter. M. White lui dit que l'autre Père Noël réfléchissait, il n'était pas sûr de vouloir participer, il avait des problèmes. Peut-être que s'il y réfléchissait assez longtemps, comme le rabbin Poppel, Noël s'envolerait d'une mort naturelle, bien qu'éternellement ressuscité.

Qui croire ?
Papa m'a dit qu'il n'existait pas
C'est pour ça que je ne lui écris pas
Maman m'a dit que c'est une tromperie
Pour nous forcer à tout dépenser ici

Mais Mamie dit que c'est parfaitement vrai
Alors qui dois-je donc écouter?
« Décide toute seule » m'a dit Papi
Alors le Père Noël est devenu mon ami!

Samantha était toujours tellement pressée à force de vivre sa double vie qu'elle n'avait jamais pris le temps de se regarder dans la glace. Mais, ce matin, elle se leva avec le pressentiment qu'elle allait le voir et elle était prête à affronter son image, et même à mettre un peu de maquillage avant de retourner dans la peau du Père Noël. Sa mère était toujours en train de la tanner pour qu'elle mette du rouge à lèvres. D'autres mères veulent que leur fille l'enlève. Mme Greenberg, elle, ne disait jamais: « Au revoir », « Bonne journée », elle disait simplement « Ton rouge à lèvres?

– Maman, qu'est-ce que ça peut bien te faire si j'ai du rouge à lèvres ou pas?

– Tu as l'air blanche et crevée!

– À qui ça peut faire du mal?

– À moi! »

Et voilà que Samantha finissait par mettre du rouge à lèvres. Ce n'est pas *toujours* si difficile d'écouter sa mère.

Tout en contemplant ce qui lui servait de visage, elle remarqua un phénomène alarmant : le brun hideux de pruneau ratatiné revenait en douce, ou plutôt au galop, sur les racines de ses cheveux. Il y en avait peut-être un centimètre et demi, c'était assez pour la faire ressembler à une punk à hachures. Pas étonnant que les enfants aient commencé à la regarder d'un mauvais œil. Pas étonnant que Sam ait disparu. Elle était déjà un monstre avec ses cheveux blancs, maintenant elle était encore plus monstrueuse avec ses cheveux à rayures.

Comme d'habitude, sa montre n'avait pas du tout pitié d'elle. Elle fouilla dans son tiroir et en sortit un foulard qu'elle noua autour de sa tête comme une paysanne russe d'autrefois. Sa propre grand-mère devait ressembler à ça, puisqu'elle suivait la tradition orthodoxe de se couvrir les cheveux. Les cheveux étaient considérés comme une partie du corps extrêmement sexy et porteuse de péché. Si seulement ils avaient vu les siens ! Samantha allait devoir porter la perruque du Père Noël. Chaud, brûlant, bouillant ! Ouille !

Elle avait pratiquement franchi le pas de la porte, essayant de fuir rapidement les lieux, quand sa mère courut après elle avec le refrain habituel : « Ton rouge à lèvres ! » Samantha était prête à l'assaut. Elle imprégna les joues de sa mère de gros bisous rouges. Celle-ci la regarda en face et s'écria : « Oh ! mon Dieu !

– Ça pousse, maman, l'avenir est devant nous. »

Jill, qui l'attendait à leur lieu de rencontre habituel, s'exclama : « Doux Jésus ! Et quoi encore ? »

Samantha lui montra ses racines. « Un peu de patience, ma chère. Si tu portes ta propre lanterne, tu supporteras la nuit.

– Bon, avant que tu ne me lances tes nouveaux proverbes, dis-moi si tu as des nouvelles.

– J'ai de bonnes nouvelles pour *toi* !

– Pour moi ?

– Oui, toi ! Tu as été élue grand jury du concours *Good Buy* de la Rime à la Joie, c'est ton premier jury littéraire, Jill ! Félicitations !

– Génial ! Dis donc, j'ai dû avoir un sacré piston ! Quel honneur ! Qu'est-ce que je dois faire ?

– Il faut tout lire, éliminer, sélectionner et voter.

– Qui d'autre est dans le jury ?

– J'ai l'honneur de t'annoncer que tu as été choisie pour former le jury, ce qui prouve la confiance que les organisateurs ont en toi. »

Samantha fourra la pile de papiers dans les bras de Jill et avec une bonne tape dans le dos lui dit : « Je sais que tu peux le faire ! »

Jill jeta un œil sur le premier poème :

Ce que je veux ne vient pas dans du papier
[cadeau
On ne peut ni le mâcher, ni le voir, ni le tenir
Ce que je veux ne tient pas dans des sabots
On ne peut que le connaître, l'éprouver ou
[le sentir.

Ce que je veux tient juste dans la tête
Ça ne donne ni beauté, ni belle mine
Et il faut constamment lui faire la fête
Sinon, ça ne prend pas racine
Ce que je veux, c'est une clé magique
Et je suis prêt à donner tout mon argent
Elle m'ouvrira les yeux sur une nouvelle
[optique
Je veux tout simplement être intelligent.

« C'est dommage que ça rime, dit Jill en montrant le poème à son amie.

– N'oublie pas que ce sont des gosses.

– Des gosses, tu parles ! Plus maman, papa, le chat, le chien, le grand frère, le cousin...

– Parle pour toi ! C'est mignon comme poème. Ma grand-mère dit toujours : "Nombreux sont ceux qui se plaignent de leur apparence, mais qui se plaint de son cerveau ?"

– Tu me donnes la migraine avec ta grand-mère.

– Oh ! là là, tu es d'une humeur de chien aujourd'hui !

– Toute cette sagesse me déprime. Comment peut-on arriver à être à la hauteur ? dit Jill, puis elle continua à déclamer :

À la poubelle

Ma maîtresse dit qu'il faut demander la paix
Mais pourquoi demander ce qu'on a déjà ?
La guerre, c'est seulement à la télévision
Les armes, les combats, c'est seulement dans
[cet écran stupide
Les gens qui meurent de faim, c'est seulement
[dans ce cube
Alors je propose qu'on se débarrasse de la télé
Et qu'on laisse la paix tranquille !

– Si tu veux savoir, c'est pas si mal que ça !

– Au moins, ça ne rime pas !

– Je sens que je vais bien m'amuser.

– On se crée son propre amusement dans la vie.

– C'est encore de ta grand-mère ça ?

– Non, c'est de... ma mère.

– Oh ! là là, je n'arrive pas à m'arrêter de les lire… Comment on va faire pour choisir ? Écoute ces deux-là :

Je voudrais un livre, mais très spécial,
Dans lequel il y a le soleil, la terre, la lune
[et les étoiles,
Tu le traverses comme si t'avais des voiles
Et chaque page des secrets dévoile
Tu le lis et tu te dis : "Je sais, c'est moi"
Tu tournes la page et tu répètes : "Je suis toi".
Tu arrives au milieu en pensant "Ah ! je vois"
T'arrives à la fin plein de joie.

– Éliminé ! Et d'un.

– Encore un et on s'en va. Que dit ta grand-mère sur la ponctualité ?

– Il vaut mieux tard que jamais ! Tu ne crois pas que ce serait génial de ne pas aller au lycée aujourd'hui, de faire l'école buissonnière et de passer une journée extraordinaire ?

– Tu as une idée ?

– Ben oui, regarde le temps. Il fait trop

froid et je suis trop trouillarde. Ne demande jamais à un lâche de faire la guerre.

– Doux Jésus !

Les devoirs

Pas d'école, pas de travail, rien à faire,
Pas de réveil, pas de "dépêche-toi et va au lit !"
La vie n'est jamais d'un profond ennui
Sans ça que ferait-on alors avec sa tête ?

– O.K., ma fille, allons plonger nos têtes dans cet océan de savoir. Le savoir est la meilleure des marchandises.

– Ta grand-mère ?

– *Good Buy* ! »

La meilleure des choses que Samantha aurait pu dire de cette journée de lycée, c'est qu'elle s'était déroulée et que maintenant elle était terminée, passée, morte, et qu'elle n'aurait pas à la recommencer, ni à s'en souvenir.

La mère de Jill l'accompagna en voiture et elle arriva au travail assez tôt pour espionner

Sam en train de se changer. Il était là, grandiose, splendide devant elle, en sous-vêtements. Ils se ressemblaient avec leurs dessous d'un autre âge, lui dans son caleçon trop grand, et elle dans la culotte refilée par la tante Millie. Elle le regarda attentivement, pleine d'audace et de passion, et fit un inventaire détaillé de son corps poilu. Ça doit être ça, le désir. Elle venait de regarder le mot désir dans le dictionnaire. *Désir : tendance consciente aux plaisirs charnels.*

Elle mourait d'envie d'entrer et de se jeter dans ses bras, mais est-ce que ça se fait en dehors du cinéma ? Si seulement on pouvait se laisser aller, se détendre et suivre ses impulsions...

Elle regarda ses mouvements pressés, admira ses muscles, son visage, pas un visage hollywoodien, une bonne bouille c'est tout, et c'était parfait comme ça ! Quand il fut à peu près décemment habillé, elle se précipita à l'intérieur avec un « salut ! » enthousiaste.

« Tiens, salut ! dit-il, complètement désarçonné et pas exactement ravi de la voir.

– Comment ça va ?

– Je suis très pressé. J'ai bien peur de devoir partir de toute urgence. »

Samantha ne savait pas trop ce qu'elle pouvait lui répondre… « La séparation est un doux chagrin » peut-être. Sa grand-mère aurait sûrement quelque chose à lui répliquer. Il était pratiquement parti, il enfilait déjà son manteau et elle ne comptait même plus sur un « au revoir » ou un « à bientôt », quand elle se rappela sa dernière leçon de français : « *Courage !* » lui dit-elle avec son meilleur accent français.

Il la regarda et lui répliqua d'une voix glaciale et détachée : « Merci, ça me sera bien utile. »

Elle avait préparé un questionnaire au cours de ses dernières nuits sans sommeil, pour établir son identité, pour estimer leur compatibilité, pour relancer la conversation, des questions essentielles comme :

1. Aimes-tu les betteraves ?
2. Que penses-tu du rouge à lèvres ?
3. Que penses-tu de la soupe ?

4. Crois-tu qu'on devrait se débarrasser de l'hiver ?

5. Aimes-tu prendre ton petit déjeuner au lit ?

Elle avait imaginé bien d'autres questions tout aussi importantes, mais elles étaient en train de s'évaporer de même que cet amour torride. Elle commençait à se rendre compte qu'une seule personne ne suffisait pas à former ce couple douillet dont elle rêvait, et il n'avait pas l'air de vouloir coopérer. Avait-elle imaginé toute la scène comme le pensait Jill ? L'avait-elle vraiment senti la soulever de la glace et l'attirer vers son cœur bouillant ? Que voulait-il quand il l'avait suivie ? Peut-on avoir le cœur brisé après une rencontre imaginaire ? Y a-t-il autre chose dans la vie que l'amour ? Et si on ne le trouvait jamais ? Et si ELLE le trouvait et pas LUI !

Samantha avait l'impression de disparaître petit à petit avec chaque flash. Elle faisait son travail et demandait courageusement à chaque enfant ce qu'il voulait pour Noël, mais elle n'écoutait plus les réponses. C'était une telle overdose de stupidités, une accumulation de fausse publicité et de rêves limités... Est-ce que l'amour était comme ça aussi ? Peu importe, elle ne savait vraiment pas pourquoi, mais l'amour était ce qu'elle souhaitait le plus au monde. Elle écrivit un poème dans sa tête pendant que la soirée s'écoulait :

Je réfléchis en soupirant, je me languis
Languir, tourner en rond en douceur
Douceur des rêves d'amour sans souci
L'amour joue à cache-cache dans nos cœurs

Des cœurs qui perdent leur chemin
Chemin vers l'ami à aimer
Aimer c'est le seul destin
Destin à guérir et calmer
Calmer le bobo du désir si fort
Fort comme l'espoir qui s'en va
S'en va loin dans un autre port
Port des rêves mimosa.

À la fin de la soirée, Samantha était exténuée. Elle prit quand même le temps de copier le poème de sa tête sur un morceau de papier et le déposa dans l'urne. Ça lui remonta un peu le moral, mais elle n'avait plus la force de se changer. Elle se contenta de prendre son sac et de se traîner vers la sortie, moitié Père Noël, moitié fille, comme un animal mythique.

Alors qu'elle était près de la porte, elle remarqua pour la première fois un groupe de gens assis par terre avec de gros paquets. Elle était toujours l'une des dernières à quitter le centre commercial et elle ne se souvenait pas de les avoir vus là avant. Ces jours-ci, les halls étaient pleins de gens qui chantaient des chansons de Noël et de troupes de théâtre qui jouaient des petites pièces pour attirer les passants. Mais cette troupe-ci avait l'air de vouloir s'installer pour la nuit. Samantha ne put pas refouler sa curiosité : « Qu'est-ce que vous faites là ? » leur demanda-t-elle en essayant de prendre un ton plus préoccupé qu'agressif.

« C'est un hôtel trois étoiles ici, ma fille, tu ne le savais pas ?

– Je passe ici tous les soirs et je ne vous ai jamais vus.

– Nous avons décidé de changer de chambre, on n'avait pas de sauna.

– Où habitez-vous ? »

Samantha était un pur produit de la bourgeoisie, qui ne sait poser que des questions bourgeoises.

« On habite où on peut. Le nouveau gardien de nuit nous laisse dormir ici. »

Un des hommes remarqua son costume de Père Noël et lui dit : « Eh ! Père Noël, tu viens me border ?

– Dis-moi, Père Noël, t'aurais pas un dollar à me filer ? »

Samantha avait soudain l'impression qu'elle ne faisait qu'un avec son costume. Elle fouilla dans son sac et tendit un dollar avant de partir, heureuse d'être un vrai Père Noël pour quelqu'un. Un mendiant donne plus qu'il ne reçoit à celui qui lui fait l'aumône.

Quand c'est trop pénible de penser à ses propres infortunes, il faut penser à celles des autres.

VII

Samantha n'avait jamais vu un mendiant, ni connu la pauvreté dans son quartier de Pleasantdale. Maintenant, sur le chemin du retour, elle ne pouvait penser à autre chose qu'à l'inconfort des sans-abri. À l'approche de son bon lit douillet, elle comprit le désarroi de ne pas en avoir. Elle pensa aux droits de l'homme. Elle avait été élevée avec les droits de la princesse juive : le droit à des draps de grands couturiers, des couettes en plumes d'oie, de bons muffins pour le petit déjeuner, un téléphone dans chaque chambre, des habits propres avec leurs marques snobs.

Elle s'aperçut que, dans sa hâte, elle n'avait pas mis son manteau. On oublie le froid quand on a chaud au cœur. Elle se mit à marcher dans la direction opposée à sa maison malgré le froid. Le fait de savoir que tout le monde n'avait pas ce qu'elle avait lui faisait désavouer ses propres privilèges.

Cependant son esprit se mit à vagabonder loin des droits de l'homme vers sa préoccupation majeure : l'amour. Chaque pas glacé résonnait du nom de Sam en une prière qui emplissait la nuit.

Elle était en fait dans un no man's land où on n'entendait que le rare passage d'une voiture. Elle arriva à une station de bus qu'elle ne connaissait pas et resta là à se demander si elle allait continuer ou revenir sur ses pas. Qu'on veuille le croire ou pas, elle n'avait jamais pris le bus. Il y avait toujours un père ou une mère pour emmener ou aller chercher les enfants. Quand elle vit un bus approcher, elle crut que c'était un mirage tant la rue était déserte.

Il s'arrêta juste devant elle comme si elle l'avait fait venir par magie. Les portes s'ouvrirent pour l'inviter à entrer. Elle grimpa à l'intérieur. Le bus était bien chaud et illuminé mais complètement vide à l'exception du chauffeur. Elle fouilla maladroitement dans son sac pour trouver de l'argent. Tout se renversa : son porte-monnaie, son rouge à lèvres, ses clés, ses crayons, ses stylos, ses livres de classe.

Le chauffeur se mit à rire : « C'est gratuit pour le Père Noël ! » Elle avait oublié qu'elle était le Père Noël.

« Merci beaucoup ! C'est la première fois que je prends le bus ! »

Cela jeta un froid. Le chauffeur regarda fixement ce Père Noël extraterrestre qu'il avait ramassé dans la neige.

« Où va ce bus ?

– En ville.

– Y a-t-il un bus pour revenir ?

– Le dernier bus est à minuit. »

Elle vit qu'il l'observait dans son miroir. Il ne prononçait plus un mot comme s'il avait peur d'elle. Peut-être pensait-il qu'elle cachait un revolver dans les plis de son costume. Elle essaya de le rassurer en lui faisant un grand sourire. Elle avait pas mal d'entraînement! Il faisait halte à chaque arrêt alors qu'il n'y avait aucun passager. C'était un véritable bus fantôme. La course lui parut interminable et elle avait à la fois l'impression d'être une réfugiée et un otage. Elle voulait descendre et appeler ses parents pour leur dire qu'elle serait en retard, mais elle n'avait pas la moindre idée d'où elle se trouvait. Tout était sombre et fantomatique.

Puis le chauffeur s'écria: «Terminus!» et elle se retrouva parmi des immeubles en ruines et des baraques en bois mal éclairées. Elle frissonna à l'intérieur et à l'extérieur tout en essayant de décider dans quelle direction aller. Elle n'avait qu'une envie, trouver une cabine téléphonique pour communiquer avec Elmwood Avenue et ceux qui l'avaient projetée sur cette planète afin de soupirer et de souffrir.

Elle remarqua de la lumière entre les lattes de bois, et pire encore, quelqu'un l'avait vue. Des dizaines d'enfants sortaient en courant vers elle en criant : « Le Père Noël ! Le Père Noël ! » Elle aurait tant voulu avoir des pouvoirs magiques pour leur donner quelque chose de bon, des tablettes de chocolat par exemple, comme les soldats américains en Europe après la Seconde Guerre mondiale. Mais elle n'avait que son angoisse à leur offrir et c'est ce qu'elle fit :

« Est-ce que je peux utiliser votre téléphone ? demanda-t-elle à la ronde.

– Chez moi ! Moi ! Moi ! se mirent-ils tous à répondre.

– Viens avec moi ! » Un enfant noir géant lui prit la main avec autorité et la guida le long de la rue, puis lui fit grimper quatre étages, toujours avec les groupies à sa suite.

« Comment t'appelles-tu ? demanda-t-elle à son guide géant.

– Butler.

– Je peux téléphoner, Butler ?

– Pas de problème ! » dit-il en tendant le bras vers le téléphone.

Bien sûr, la ligne était occupée. C'était sans doute cette Theodora de malheur. Les enfants la regardaient avec curiosité en se demandant à qui le Père Noël pouvait bien téléphoner. Elle recomposa le numéro, mais elle savait que rien n'arrêtait Theodora une fois qu'elle était pendue au téléphone. Les enfants, eux, étaient suspendus à son moindre soupir. Elle ne voulait pas les décevoir en leur montrant qu'elle n'était qu'une idiote terrorisée. Elle composa le numéro de Jill en espérant à chaque sonnerie que Jill allait répondre en personne. De temps en temps, l'espoir, ça marche. Jill répondit avec son « Salut ! » habituel.

« Hum, hum, est-ce bien toi, Mère Noël ? J'ai une mission importante à te confier.

– Dis donc, Sam, ça fait des heures que j'essaie de te téléphoner, c'est toujours occupé.

– C'est bon, suis bien mes instructions ! Continue d'appeler jusqu'à ce que tu joignes ces gens et dis-leur que leur fille sera très en retard, mais de ne pas s'inquiéter. Il faut qu'ils viennent la chercher à l'arrêt de bus près du centre commercial vers minuit trente.

– Où es-tu, Sam ? Qu'est-ce qui se passe ?

– Oui ma chérie, je t'aime aussi, à bientôt. »

Quand elle raccrocha, tous les enfants étaient pressés contre elle. Elle eut peur qu'ils ne l'étouffent. « Ça suffit, les enfants ! » Elle sortit un carnet de son sac et leur dit : « Bon, je n'ai pas beaucoup de temps. Vous voulez me ramener à l'arrêt de bus pour que j'attrape le dernier autoNoël pour rentrer à Pleasantdale ? »

Tous s'écrièrent : « Oui, oui » en chœur. « Avant que je parte, je veux juste avoir vos commandes. Que voulez-vous pour Noël ? »

Ce qu'ELLE aurait bien aimé pour Noël, c'était se faufiler aux toilettes pour deux minutes, mais elle ne pouvait pas sortir du cercle resserré autour d'elle. Butler lui demanda si elle voulait quelque chose de chaud à boire. Elle détestait l'idée de refuser son hospitalité. « La prochaine fois », lui promit-elle. Les enfants faisaient la liste de tout ce qu'ils voulaient : des jouets, des poupées, des jeux électroniques, des vêtements, des sucreries. Personne ne demandait de livres. « Pauvres livres », se dit Samantha avec tendresse en se souvenant des moments où le temps s'était arrêté et où ses rêves avaient commencé dès les premières pages de ses livres préférés. Elle parcourut des yeux le salon de Butler. Pas le moindre livre en vue. « Pauvre enfant, qui n'a pas un seul livre », se dit-elle en pensant à David Copperfield. Pour elle, les livres étaient l'élément de survie le plus important.

« Je dois partir maintenant. Mais si vous voulez, je reviendrai avant Noël avec des cadeaux très spéciaux. » La proposition fut accueillie avec grand enthousiasme. « S'ils savaient... » se dit Samantha en concoctant son projet. Ils l'accompagnèrent en sautillant jusqu'à l'arrêt de bus. L'autoNoël se matérialisa soudain devant eux, tout illuminé. Cette fois-ci, il y avait quelques passagers qui firent le trajet avec elle, mais elle était le seul Père Noël. Les enfants applaudirent et crièrent tandis que le bus s'éloignait dans la nuit.

« Pourrez-vous me dire quand on arrivera au centre commercial ? » demanda-t-elle au chauffeur en lui tendant la monnaie. Il n'eut même pas l'air surpris par son costume. Il n'y voyait probablement plus très clair à cette heure-ci.

«Je descends là moi aussi», dit un garçon qu'elle avait déjà vu au lycée. Samantha s'assit près d'une fenêtre et fit semblant de regarder dehors alors qu'elle mourait d'envie de regarder dedans. Dehors, il n'y avait qu'un épais brouillard ténébreux. Elle vit tout de suite la voiture de son père dans laquelle l'attendaient trois fantômes en colère.

Elle courut vers eux et ouvrit la porte.

«T'as pas de manteau ? dit sa mère.

– Et tes devoirs ? lui demanda son père.

– T'as rien à dire ? s'enquit sa sœur.

– Surtout pas de commentaires ! déclara Samantha.

– Tu ferais mieux de trouver une bonne explication ! s'écrièrent ses parents à l'unisson.

– Je vous demande tout simplement de me conduire vers notre gentille salle de bains et je vous dirai tout. »

Sa mère conduisit dans un silence qui en disait long. Samantha arriva enfin chez elle, dans sa chère et belle maison. Ils l'attendirent dans la cuisine avec du thé et des gâteaux. Elle leur raconta tout : les sans-abri, et comment elle n'avait pas pu rentrer chez elle après les avoir vus, puis les sans-livres et comment cela faisait bizarre de se sentir tellement protégée et combien elle voulait faire quelque chose d'utile. Elle était toujours habillée en Père Noël, mais ses parents ne voyaient plus le costume, ils l'écoutaient. Ils étaient fiers d'elle malgré eux.

« D'accord, Père Noël, dit son père, il faut que tu te poses tes questions toute seule.

– D'accord, Père Noël, ajouta sa mère, tu trouveras tes réponses toute seule... ou tu ne les trouveras pas ! »

VIII

Samantha se leva des profondeurs de son lit délicieux, prête à vivre à pleines dents et à remuer la terre pour la rendre meilleure. Pas une graine d'ennui en vue. Et pas d'école aujourd'hui. Et pas de travail. La journée était toute à elle. C'était la journée de la princesse Samantha. Même ses orteils remuaient de bien-être.

1. Elle regarda par la fenêtre et fut emplie d'affection pour sa bonne vieille rue qu'elle avait d'habitude en horreur.

2. Elle fit un gros câlin à une Theodora ensommeillée qu'elle avait plutôt l'habitude de vouloir étrangler.

3. Elle prépara le petit déjeuner pour tout le monde en chantonnant un air sur la paix.

4. Elle dénicha un énorme sac en patchwork que sa grand-mère avait fabriqué à partir d'échantillons de tissus et monta au grenier.

Les cartons de livres chassés de ses étagères bondées étaient empilés par terre en attendant de nouvelles paires d'yeux. Elle commença par eux : ils étaient vieux, fiables, testés. Puis elle pourrait continuer avec les plus récents. Elle les rangea avec douceur dans son sac : *Winnie l'ourson, Huckleberry Finn, Les Quatre Filles du docteur March.* Certains d'entre eux avaient appartenu à sa mère. Elle mit tellement de livres dans le sac qu'elle n'arriva pas à le descendre en bas des marches. Elle élimina quelques volumes jusqu'à ce qu'elle puisse le porter et le rangea dans sa chambre près de son cartable.

Elle s'installa à son bureau pour s'attaquer à ses pauvres devoirs abandonnés jusqu'à ce qu'il n'en reste plus une miette. Quand elle descendit, sa mère était en train de repasser le Père Noël. « Je l'ai lavé, dit-elle.

– Tu veux dire que le rabbin Poppel est d'accord ?

– Il a dit qu'on a survécu à de plus graves tourments.

– A-t-il dit que le malheur manque rarement sa cible, le juif?

– Non, il a dit: "Chaque juif a sa propre sorte de folie."

– Je crois que c'est le cas pour tout le monde, juif ou pas.

– Les juifs encore plus.

– Alors tu n'es plus fâchée contre moi?

– La colère est mauvaise conseillère.»

Samantha adorait ces proverbes que sa mère reprenait après sa grand-mère. Elle se demandait qui les avait inventés et quelles leçons la vie avait fournies pour qu'ils puissent être formulés – toutes ces leçons que la vie nous donne gratuitement... mais qui ont leur prix.

«Maman... l'autre Père Noël est un garçon qui s'appelle Sam.

– Je sais, le rabbin Poppel m'a tout raconté. En fait, c'est à cause de lui que le rabbin est si tolérant.

– Pourquoi ?

– Parce qu'il semble qu'il ait vraiment besoin d'argent. Il est censé être quelqu'un d'exceptionnel. »

Les yeux de Samantha lui sortaient presque des orbites. Elle avait l'impression que plus elle les ouvrait grand, et mieux elle entendrait. Son corps tout entier réagissait à sa « présence » dans la maison, même sous forme de mots. Il fallait qu'elle le dise. Elle explosa : « Je suis amoureuse de lui !

– L'amour, tu parles ! L'amour et la haine exagèrent toujours.

– Je n'exagère pas. Je pense à lui jour et nuit.

– Et qu'est-ce qu'il en pense ?

– Rien du tout... Il me dit seulement bonjour et au revoir.

– Pourquoi ne l'invites-tu pas à la maison ?

– Pour une coupe de champagne ?

– Quelle coupe de champagne ?

– En l'honneur de Noël !

– Laisse Noël tranquille ! Invite-le pour des

latkes*. C'est Hanoukka la semaine prochaine.

– D'accord, j'essaierai. »

« Les fous rêvent des rêves fous, se dit Samantha, peut-être que je fais des rêves raisonnables. »

La journée allait de mieux en mieux. Le déjeuner était de la soupe crémeuse et savoureuse, et Sam était crémeux et savoureux. Jill l'appela pour savoir si elle voulait aller au cinéma. Peut-être qu'elle pourrait encore faire croire qu'elle avait la carte vermeil malgré les racines marron. Elle était de si bonne humeur qu'elle invita Theodora.

C'était un film français sur deux clochards qui tombent fou amoureux sur l'un des ponts de Paris. Quand elles s'installèrent sur leurs sièges, le cœur de Samantha se mit à battre furieusement. Elle pensait avoir vu Père Noël Sam numéro deux quelques rangées derrière. Ça n'était pas une nouveauté. Elle avait toujours

* Beignets de pommes de terre que l'on mange pendant la fête de Hanoukka.

l'impression de le voir partout. Mais cette fois elle en était sûre.

« Écoutez, les filles, ça ne vous fait rien si je m'assieds quelques rangées derrière ?

– Bien sûr que ça nous fait, gronda Jill.

– C'est une question de vie ou de mort, Jill ! Prie pour moi ! »

Les lumières baissaient. Samantha tâtonna pour trouver la rangée et se laissa tomber sur le siège à côté de Sam. « Salut ! ronronna-t-elle, ça ne te dérange pas si je m'assieds là ? »

Le cinéma était pratiquement vide et les places ne manquaient pas. Les intentions de cette migration étaient on ne peut plus claires. Il avait probablement vu qu'elle avait abandonné Jill et Theodora. Elle était une véritable traître. Mais elle ne pouvait pas contrôler son impulsion. Il fallait qu'elle vienne près de lui. Il était un aimant superpuissant et du côté droit de son corps il irradiait déjà le côté gauche de Samantha d'une douceur pétillante.

« Bien sûr que non, dit-il, on est partenaires et presque cousins. »

Samantha pensa à l'inceste entre cousins. Des bandes-annonces défilaient sur l'écran mais elle ne pouvait pas les regarder tellement elles étaient violentes. Elle s'extasia devant son profil. « Magnifique ! » se dit-elle. Elle mourait d'envie de le toucher. Il était mal rasé et elle adorait ce look. Elle avait envie de caresser son menton piquant. Une collision avec du sang partout sur l'écran la précipita contre sa poitrine. Il mit un bras autour de ses épaules. Au même moment, Theodora se retourna ainsi que Jill.

La main de Sam enveloppait son bras, une grande main pour un grand bras. Le film commençait et ils étaient transportés en plein Paris. Non, en plein paradis ! Samantha mit sa main droite sous le bras gauche de Sam, près du cœur. Elle était complètement stupéfaite de sa propre audace. Le film était très prenant, mais elle était sur une autre planète. Sur l'écran, le couple était en train de s'embrasser. C'était une sorte d'ordre visuel que Sam suivit à la lettre en se penchant pour prendre ses lèvres. Elle s'était déjà angoissée en pensant à ce qu'il lui faudrait faire dans une situation pareille. Qui donc vous apprend à embrasser, à caresser, à aimer ? Mais l'école de la vie était la meilleure, et ils étaient tous deux d'excellents élèves. C'était un peu embarrassant étant donné qu'ils n'avaient pas encore échangé plus d'une ligne. Les baisers sont un autre langage.

De temps en temps, ils revenaient à la surface pour prendre de l'air et se tenir au courant du film, tandis que Jill et Theodora espionnaient cette femme dépravée assise quelques rangs derrière elles et qu'elles ne reconnaissaient pas. Samantha avait conscience de leurs regards même si elle perdait complètement l'esprit tandis que Sam lui insufflait une nouvelle vie à travers sa bouche. Et même au milieu de cette nouvelle vie, l'ancienne avait encore de l'emprise sur une partie de son cerveau et lui faisait penser au bien et au mal. Elle savait pourtant que ce qu'elle vivait était forcément bien puisque c'était divin. Pourquoi devait-elle s'inquiéter de ce que les autres pensaient d'elle ? Comment allait-elle leur expliquer cette attitude incongrue ? Et que pensait donc Sam de cette fille facile qui se jetait dans ses bras ?

Elle n'avait jamais été embrassée par un homme, ni même par un Père Noël avant, et elle se rendait compte que les complexités théoriques de la situation deviennent absolument simples et naturelles dans la pratique. Le film se termina dans un grand feu d'artifice au milieu de la Seine, ce qui correspondait exactement à son état d'esprit et de cœur. Si seulement ils pouvaient rester pour la prochaine séance ! Pourquoi stopper le flot bouillonnant de ses émotions parce que le film s'arrêtait ? Y a-t-il un frein à l'amour ? Comment peut-on empêcher le cœur de s'échapper de sa cage ?

Voilà comment : Sam dénoua son corps de celui de Samantha, se leva, se pencha sur elle et lui chuchota : « Je suis désolé, il faut que je parte vite, je suis pressé ! »

Et c'est tout. Avant qu'elle ait pu émettre le moindre soupir, il était parti, et elle se retrouva abandonnée aux loups affamés, le cœur battant. Jill et Theodora la bousculaient déjà pour qu'elle se lève et la tiraient de son rêve étrange en lui lançant des regards empoisonnés.

Elle n'avait qu'une chose à dire : « Dites donc, quel film ! »

Theodora n'avait qu'une chose à dire : « Je vais le dire à maman ! »

Et Jill n'avait qu'une chose à dire : « Je crois que tu perds complètement la tête ! »

Le vent ravageur qui les attendait dehors remua leur rancune mutuelle. Samantha leur en voulait d'avoir été témoin de sa crise de folie. Jill lui en voulait d'avoir été abandonnée pour un fantôme assis deux rangs plus loin. Theodora était morte de honte parce que cette nymphomane maniaque était sa sœur.

« Sincèrement, les filles, dit Samantha, je suis désolée ! » Elle se sentait incapable de chercher les mots pour leur expliquer pourquoi il faut suivre le cours de la vie. « C'est plus fort que toute explication ! C'est comme un accident, c'est la vie ! C'est lui ! Et je sais que c'est l'homme de ma vie !

– Ouais, mais t'aurais quand même pu nous le présenter... marmonna Jill.

– Je n'ai pas pu... il s'est levé et il est parti dès le générique de fin.

– C'est le genre à faire son coup et se tirer ?

– Je ne sais pas quel genre il est. Je ne sais même pas quoi penser de moi. Je suis complètement sidérée.

– Tu es complètement cinglée ! dit Theodora.

– Êtes-vous sûres de nous avoir vus ? Êtes-vous sûres que c'est bien arrivé ?

– Qu'est-ce qui est arrivé, en fait ? demanda Jill.

– Quelque chose de fort, de bon, et de si fugitif !

– Tu es cinglée ! répéta Theodora.

– Ne te fâche pas, réjouis-toi pour moi. Et

surtout, je t'en prie, ne dis rien à maman... C'est pas que j'aie honte... Je veux avoir du temps pour me comprendre avant de m'expliquer.

– Ces choses-là n'arrivent pas quand on a seize ans ! gronda Jill.

– Ces choses-là arrivent... quand on est vivant, à n'importe quel âge, de la naissance à cent vingt ans !

– Allons boire quelque chose de chaud », suggéra Jill pour faire fondre leur différend.

Mme Greenberg leva ses yeux inquisiteurs de son livre et leur demanda comment était le film.

Que Dieu bénisse Theodora, qui commença une description de A à Z de tout ce que sa mère n'avait jamais voulu savoir sur les clochards amoureux de Paris, ce qui éloigna son attention d'une Samantha encore un peu comateuse. Ce rapport fut suivi d'une dispute entre ses parents sur « on ne va plus jamais au cinéma et patati et patata.. » qui finit par la victoire de Mme Greenberg et leur rapide départ pour voir le même film, ce qui évita une inquisition imminente sur l'état de Samantha.

Theodora prit avantage de la situation pour obliger sa sœur à l'aider à faire sa rédaction.

« C'est du chantage ! se plaignit Samantha.

– C'est la vie ! lui rétorqua Theodora. Écris, et moi je recopierai.

– Tu n'apprendras jamais à penser par toi-même si tu fais ça. Je vais t'aider à penser. Voyons : *Décrivez une situation embarrassante.*

– Stop ! Je sais : "Le jour où ma sœur a fait l'amour dans un cinéma deux rangs derrière moi"... »

Samantha savait que Theodora lisait toutes ses rédactions à sa mère. « O.K., je vais l'écrire : "Comment j'écoute à la porte les conversations de ma sœur et je découvre des informations strictement confidentielles qui feraient rougir n'importe qui.

– Laisse béton. Je vais raconter comment l'élastique de ma culotte s'est cassé devant toute ma classe.

– Bravo, c'est bien. Pense à ce que Charlot aurait fait avec ça ! »

Une fois débarrassée de Theodora, Samantha courut consulter l'annuaire et chercha le numéro de Sam. Elle n'arrivait jamais à se souvenir des numéros de téléphone ou de n'importe quel autre numéro, mais, dès qu'elle aperçut le sien, elle le sut par cœur. Il devint un poème : 736 0232.

Elle grimpa les marches jusqu'à sa chambre et regarda fixement le téléphone pendant une demi-heure jusqu'à être convaincue qu'elle n'avait rien à perdre. Dès qu'elle entendit une voix étrangère à l'autre bout, elle sut qu'elle était en pleine « situation embarrassante ».

« Bonjour, je m'appelle Samantha Greenberg. Je travaille avec Sam chez *Good Buy*. Est-il à la maison ?

– Non il n'est pas là, lui répondit une femme avec un fort accent d'Europe de l'Est, qui ressemblait à celui de son arrière grand-mère. Voulez-vous parler à sa petite amie ? Elle est venue passer quelques jours avec nous.» Peut-être que cette dame pensait que tous les jeunes devaient être amis. Elle avait une voix très chaleureuse, mais elle annonçait des nouvelles glaciales.

Samantha prit le coup en plein estomac, tous ses intestins et ses boyaux se mirent à s'entortiller et à s'assécher. Avant qu'elle ait pu dire qu'elle n'avait pas du tout envie de parler à la petite amie de Don Juan, une autre voix étrangère remplaça la première. Elle avait un accent israélien. «Sam n'est pas encore rentré. Est-ce que je peux prendre un message?

– Dites-lui que le Père Noël a appelé et que je le verrai au travail, merci.»

Samantha passa la nuit à se tourner et à se retourner dans son lit aussi inconsolable qu'elle. Son insomnie emplie de fantômes et de pensées lançait des flèches empoisonnées. Elle essaya de compter de paisibles moutons, mais seuls son numéro de téléphone et le «Voulez-vous parler à sa petite amie?» résonnaient dans sa tête.

Le lendemain, elle traversa la journée au lycée d'un pas de somnambule avec cette phrase qui battait à la place de son cœur : « Voulez-vous parler à sa petite amie, sa petite amie, petite amie, petite amiiiiiiiiiieee… » Elle évita tout contact humain, y compris celui de Jill, qui la boudait elle aussi. Sa grand-mère disait dans le temps : « Si tu ne m'aimes pas, ne m'embrasse pas ! » Comme elle avait raison ! Comment peut-on être aussi hypocrite !

Elle portait en elle une tonne de détresse et, sur elle, une vingtaine de kilos de livres qu'elle avait promis de livrer aux enfants du dernier arrêt de bus. Ses doigts commençaient à se couvrir d'ampoules quand elle arriva en courant à *Good Buy* en espérant attraper Sam avant son départ. Trop tard ! Il partait de plus en plus tôt. Elle n'allait jamais arriver à lui mettre la main dessus, à lui mettre les mains autour du cou pour l'étrangler ! Ce traître ! Ce suborneur ! Ce scélérat !

Elle était tellement énervée que son agitation la transforma en Père Noël plein de vitalité et d'entrain. À la fin de la soirée, elle eut encore assez d'énergie pour courir à l'arrêt de bus et descendre en ville. Elle enleva son manteau et le fourra dans son sac avant d'arriver au terminus. Le Père Noël ne portait pas d'anorak !

Le même paysage désolant l'attendait et la même bande d'enfants accourut pour l'accueillir, ou plutôt accueillir le Père Noël. Butler s'était encore une fois nommé guide et la mena à son appartement sans parents. Et là Samantha profita de son costume de Père Noël pour distribuer non pas des bonbons, ni des jouets, ni même des habits, mais le meilleur cadeau de tous, des livres. Il y avait juste assez de livres pour en donner un à chacun. « Quand vous aurez fini le vôtre, vous pourrez l'échanger avec un ami. » Les enfants étaient ravis des livres. Ils auraient accepté n'importe quoi... venant du Père Noël.

« Est-ce que tu peux mettre un autographe, Père Noël, s'il te plaît ? »

Samantha prit place sur le vieux canapé usé, trouva un stylo dans son sac plein à craquer, et signa : « Les meilleures aventures de Noël sont dans un bon livre ! Gros bisous ! Le Père Noël. »

Il lui fallut courir pour attraper son bus, mais, cette fois-ci, le dernier bus était déjà en train de partir quand elle arriva à l'arrêt. Elle avait signé trop de livres. Elle ne voulait pas appeler ses parents pour qu'ils viennent la chercher. Ils en avaient eu assez. Les parents ont des droits aussi. Elle s'était fourrée dans ce pétrin sans eux, elle trouverait toute seule comment se sortir de là.

Mais elle ne trouva que des ennuis.

Elle était abandonnée et frigorifiée devant l'arrêt qui n'arrêtait plus rien, se répétant sans arrêt : « Voulez-vous parler à sa petite amie ? » et constatant combien la vie était dure, qu'il fallait bien la vivre jusqu'au bout, priant « l'Éternel Notre Dieu » de l'aider à y parvenir, ou du moins à rentrer chez elle, quand elle eut l'idée de mettre son manteau. Ce n'était pas beaucoup mieux, mais c'était quand même mieux comme ça.

Elle était tellement perdue dans son désespoir qu'elle ne remarqua pas le groupe qui l'entourait jusqu'à ce que Butler se mette à gronder: «T'es pas du tout le Père Noël!»

Elle ne savait pas quoi répondre à part: «Mais si! Je suis un faux Père Noël, mais je suis un Père Noël quand même!

– T'es un faux! Pourquoi tu nous as menti?» Il fut le premier à lui lancer son livre à la figure. C'était *Tom Sawyer.*

Elle leva instinctivement les bras pour protéger son visage, mais les livres continuaient à se déverser sur elle comme des boulets de canon. Bing: *Peter Pan*! Bang: *Alice au pays des merveilles*! Boum: *Les Quatre Filles du docteur March.* Elle se dit que c'était une mort très poétique d'être terrassée par ses propres livres bien-aimés. Quand tous les livres eurent été jetés et qu'ils s'amoncelèrent par terre comme des soldats sur un champ de bataille enneigé, elle ouvrit les yeux et leur cria: «Je suis vraiment une sorte de Père Noël. Je voulais seulement vous donner des livres ! »

Cette déclaration enragea encore plus la foule d'enfants et ils commencèrent à tirer la fausse fourrure de son costume dans tous les sens. Comment peut-on distinguer un vrai imposteur d'un faux ? Samantha se rendit compte que quand la vie se met à vous échapper, on ne peut plus lui échapper. Elle gisait là en se laissant faire, elle ne pouvait rien y faire. Ses mots ne fonctionnaient pas et elle n'avait pas d'autre arme. On n'a pas besoin d'être intelligent pour avoir de la chance, mais on a besoin de chance pour être intelligent. Ils déchiraient rageusement son costume de flanelle rouge et quand elle ne fut plus qu'une poupée de chiffon incapable de bouger, les enfants s'enfuirent. Elle ne s'évanouit pas, elle ne pleura pas, elle se releva en se balançant de gauche à droite et d'avant en arrière. Le dernier de la troupe n'était déjà plus en vue quand une voiture s'arrêta juste devant elle.

Elle pensait rarement à Dieu, mais il ne lui

restait plus que la prière: «Dieu, aide-moi!» Même les malchanceux ont besoin de chance. Elle ne savait pas si cette voiture était le signe d'une nouvelle agression, ou un morceau de chance. «Dix grammes de chance valent mieux qu'un kilo d'or», disait sa grand-mère.

«Samantha», cria la voix depuis la voiture. Elle était à moitié aveuglée par le froid, avec ses bandes blanches et bleues de tissu qui s'envolaient tout autour de son corps. Elle n'avait pas la force de réagir, ni de bouger. Elle sentit qu'on l'installait sur le siège avant. Elle ne pouvait même plus résister. «Ils n'ont plus qu'à me violer et me tuer!» se dit-elle.

La clé tourna, la voiture démarra doucement, et tout ce que Samantha trouva à dire fut: «Stop! Il faut sauver les livres!» Et c'est à ce moment-là qu'elle reprit conscience. Avoir de la chance sans conscience, ce n'est pas mieux que de porter un sac plein de trous. Et c'est là qu'elle vit Sam sur le siège du conducteur.

«Jill a raison, se dit-elle, ça ne peut pas être vrai. Ces choses-là n'arrivent pas à seize ans, ni même à soixante et un ans. Le Père Noël n'apparaît pas à vos moindres souhaits pour vous sauver quand vous avez glissé sur la glace ou quand vous êtes sur le point de vous faire lyncher. » Elle le regarda en se remémorant combien ils avaient été proches au cinéma et entendit à nouveau le terrible écho : « Voulez-vous parler à sa petite amie ? »

« Je ne peux pas rester là tranquille et le laisser me sauver la vie encore une fois. J'ai mon amour-propre. Ouais, mais rien n'est plus dangereux pour un homme que son amour-propre. Mais quand même je ne peux pas supporter de le voir. » Quand elle arriva au bout de son illogique logique, Samantha ouvrit la portière et fit quelques pas dans la neige. Sam la rattrapa et lui dit avec colère : « Qu'est-ce que tu fais ici ? Pourquoi t'enfuis-tu ?

– Et toi, qu'est-ce que tu fais là ? Pourquoi me suis-tu ?

– Je ne te suis pas.

– Tu me suivais bien le soir où je suis tombée dans la glace.

– C'est vrai, je voulais te demander si tu pouvais arriver plus tôt au magasin pour me remplacer le jour suivant, mais j'ai été emporté et j'ai oublié pourquoi je te suivais.

– C'est pour ça que tu es resté là toute la soirée à me regarder comme une statue de pierre ? Pourquoi ne me l'as-tu pas simplement demandé ? Pourquoi est-ce que les choses simples deviennent si compliquées ? Pourquoi ne m'as-tu pas écrit un mot, ou laissé un message à M. White ?

– J'étais complètement ensorcelé. Je ne pouvais pas bouger. Je ne travaillais pas ce soir-là et je n'aime pas la télé, alors je t'ai regardée.

– Et qu'est-ce que tu veux maintenant ? Pourquoi as-tu atterri ici ?

– Je travaille ici le soir. Je donne des leçons d'anglais aux immigrés russes. Je viens de terminer. Je rentrais chez moi quand j'ai vu les enfants en train de faire ce que je croyais être une bataille de boules de neige. Et puis j'ai vu qui était le bonhomme de neige...

– Sam, je suis gelée...

– Sois une gentille fille bien sage et rentre dans la voiture. » Il prit son glaçon de main et la conduisit à son palais de métal.

« Sam, pourrais-tu ramasser les livres ? Je ne peux pas les laisser agoniser comme ça. Je les réparerai et je trouverai bien des enfants qui voudront les lire. »

Il revint à la voiture avec la pile de livres vaincus en équilibre instable sur les bras. Il la regarda et lui dit : « Tu es en piètre état, Père Noël !

– J'ai pris mon travail trop au sérieux.

– Pourquoi portais-tu le costume ?

– Je pensais pouvoir passer quelques minutes à sauver le monde.

– Le monde suit son cours. Il l'a toujours fait. Fais-lui confiance et essaie simplement de te sauver toi-même. » Il mit le moteur en route. « Je ferais mieux de te ramener chez toi. » Et il lui fit un petit bisou sur la joue.

Elle s'écria : « Je t'aime ! » puis avec véhémence : « Je te déteste !

– Moi je déteste seulement Hitler et Haman.

– Je ne te déteste pas autant qu'eux.

– Tu me détestes comment?

– Pas mal quand même!

– Et pourquoi ai-je droit à autant d'estime? Tu avais l'air de bien m'aimer au cinéma hier.

– Je t'aimais bien.

– Que s'est-il passé?

– Tu m'as laissée tomber comme une chaussette pourrie.

– J'étais en retard pour mon travail.

– Le dimanche?

– Tous les jours. J'essaie d'arriver à me payer la fac. J'ai des projets.

– Tu as une petite amie!

– Où as-tu été chercher ça?

– Je t'ai appelé hier soir.

– Ma mère a oublié de me le dire. Elle perd de plus en plus la mémoire. Elle n'est plus très jeune. Elle m'a eu tard... Mon père est mort il y a dix ans.

– Je suis désolée, dit Samantha du fond du cœur. Mais elle m'a demandé si je voulais parler à ta petite amie. Je suppose que tu en as une à chaque coin de rue.»

Sam se mit à rire. « Ma mère n'a jamais pu comprendre la langue anglaise. Elle voulait dire une copine.

– Eh bien je lui ai parlé. Elle était bien là.

– Mais c'est Tova !

– Tant mieux pour elle !

– C'est ma correspondante. Tu n'es pas allée au Talmud Torah ?

– Surtout ne m'en parle pas, quelle plaie !

– Tu n'as jamais eu de correspondant en Israël ?

– Ah oui, ça a duré le temps de deux lettres.

– Eh bien moi, ça dure depuis dix ans. Tova a décidé de visiter les États-Unis et je lui ai dit qu'elle pouvait demeurer chez nous. Et l'année prochaine, si je gagne assez d'argent, j'irai à l'université en Israël. »

Samantha pensa tout de suite : « Emmène-moi avec toi ! » À la place, elle lui dit : « L'amour est peut-être aveugle, mais la jalousie en voit trop.

– Celui qui aime sans jalousie n'est pas amoureux.

– Je n'ai pas beaucoup d'expérience en la matière, mais je crois bien que je le suis.

– Moi pareil !

– Tu m'aimes seulement quand je glisse sur la glace.

– T'es très sexy quand tu glisses sur la glace. »

Quand la vieille voiture toute bosselée eut atteint sa rue, se rangea le long de sa maison et qu'elle vit toutes les lumières allumées chez elle, il dit : « Je viens avec toi.

– Ce n'est pas vraiment le meilleur moment pour rencontrer ma famille. Ils vont sans doute penser que c'est de ta faute.

– Allons-y. »

Les Greenberg étaient rassemblés dans le salon dans un tel état de désolation qu'ils ne les entendirent même pas entrer.

« Salut maman », dit Samantha à la collectivité. Une mère vaut pour toute la maison.

« Mon Dieu, tu es vivante ! Je vais te tuer ! s'écria sa mère.

– Je suis désolée, maman, il m'est arrivé des ennuis. »

C'est là que sa mère la regarda : « Oh mon Dieu, mon Dieu. » Ce bon vieux Dieu.

« Je te présente Sam Rothberg. Il m'a sauvé la vie.

– Oh, mon Dieu ! mon Dieu ! »

Samantha se laissa tomber dans un fauteuil et dit : « Asseyez-vous tous. »

Elle leur raconta sa demi-heure à aider le monde, comment Sam l'avait sauvée, comment son costume de Père Noël lui était monté à la tête, et leur demanda comment elle allait bien pouvoir le remplacer maintenant.

« On peut partager le mien... puisqu'on ne le porte pas à la même heure.

– Je vais recoudre le tien, dit sa mère.

– Je n'ai pas l'impression qu'on puisse le sauver.

– Je pense qu'il sera plus facile à sauver que le monde.

– Maman, j'ai tellement faim. Et toi, Sam ?

– J'ai fait de la soupe.

– C'est vraiment la fin du monde ! » déclara Samantha.

IX

Bien sûr, les Greenberg adorèrent les Rothberg, et les Rothberg adorèrent les Greenberg, et Samantha marchait sur un nuage de barbe à papa rose. Elle avait l'impression d'être à l'intérieur d'un délicieux coussin cotonneux – elle n'arrivait plus à se connecter avec ce qui se passait à l'extérieur. De misérables petits riens tels qu'un contrôle de maths dont elle n'avait jamais entendu parler, les préinscriptions à la fac à préparer, une réunion ratée avec l'équipe du journal, ne l'affectaient pas le moins du monde. Elle savait que les gens lui parlaient, mais elle n'arrivait pas à saisir ce qu'ils lui disaient, tout ce qui avant lui paraissait si urgent et important lui était complètement égal. La seule avec qui elle arriva à communiquer fut Jill. Elle lui raconta toute l'histoire.

Jill ne put que lui répondre :

« Sam, voyons, ces choses n'arrivent que dans les films.

– Et où crois-tu que les gens trouvent leurs idées pour les films ?

– Je sais que tu veux que je réponde "dans la vie !" mais je n'y crois pas. Ces choses-là n'arrivent pas dans la vraie vie.

– Je te le jure, ma petite Jill, l'amour, ça arrive.

– Et si ce n'était qu'un rêve ?

– Les rêves sont aussi réels que la réalité.

– C'est ta grand-mère qui te l'a dit ?

– Non, c'est quelque chose que sa petite-fille vient de se dire toute seule.

– Souviens-toi des proverbes que tu me lances à la figure depuis ma plus tendre enfance : Un ver dans un bocal de cornichons se croit au paradis.

– C'est pas des cornichons, et je ne suis pas un ver.

– Il est la moitié d'un millionnaire, il en a l'air mais pas le million.

– Jill, l'air, c'est assez ! Il y a de l'amour dans l'air !

– Les illusions mènent les hommes à la folie.

– Les illusions les gardent en vie.

– D'accord, fais ce que tu veux. Maintenant parlons du concours de la Rime à la Joie.

– Il faut le laisser sommeiller un peu.

– Il va bien falloir le réveiller bientôt.

– Je sais pas. Si, je sais... »

Samantha se laissa flotter durant la journée, mais vola jusqu'à *Good Buy* en chantonnant Sam Sam Sam. Mais pas de Sam.

« Les illusions mènent les hommes à la folie. C'est toi qui as raison, Jill, ou en tout cas celui qui a inventé ce proverbe a raison. Il aurait pu attendre, il aurait pu dire bonjour, il aurait pu dire au revoir, si c'est ça l'amour, peut-être que l'amour est cornichon après tout. »

Samantha se souvint qu'elle n'avait pas son costume de Père Noël. L'autre était pendu là, encore chaud et un peu humide, avec un petit mot épinglé sur la perruque. « Porte-le si tu en as le courage ! » Si on appelle ça une lettre d'amour, on peut dire que l'amour est de la choucroute.

Elle mit la perruque. Il fallait bien qu'elle la porte dorénavant. Ses racines marron poussaient d'un centimètre par seconde. Elle n'avait jamais été une femme fatale, mais maintenant elle était une vraie sorcière. « Être trop belle est un défaut » était l'un de ses dictons favoris. On peut toujours se décomplexer avec des mots !

Elle mit les vêtements de Sam avec l'impression d'entrer dans sa peau. C'était sensuel et ça avait le goût délicieux du péché. Elle se laissa caresser par le tissu et frotta la manche contre sa joue. Elle ne voulait pas sortir et affronter le monde, elle voulait rester là toute seule dans son costume de flanelle rouge. Mais M. White entra en coup de vent avec une nouvelle pile de poèmes pour le concours et tous les ennuis du monde à déverser sur elle.

« Samantha, Samantha, le journal télévisé va venir filmer la cérémonie. Des représentants de tous les journaux seront là. Le maire va faire un discours. On a fixé la date : le 23 décembre. Le gagnant commencera bien l'année. Il nous faut des finalistes pour le 20 décembre. On a sélectionné un jury composé de la crème de la ville pour élire les poèmes gagnants. Tu vois qu'on ne s'est pas tourné les pouces ! »

On aurait dit qu'il n'avait jamais été aussi excité ou aussi nerveux de sa vie. Samantha ne rêvait qu'à une chose, dormir.

« Et l'autre Père Noël ?

– Il est vraiment trop occupé, le pauvre. Il a deux boulots plus la fac. Je n'ai pas eu le courage de lui demander. Et nous avons pleinement confiance en toi pour choisir les finalistes.

– Il va falloir que vous me donniez un soir de congé pour que je puisse organiser la réunion. Moi non plus je n'ai pas de temps.

– D'accord. Je vais demander à mon fils de te remplacer pour cette soirée-là. »

Samantha boitilla jusqu'à son trône. C'était inhabituellement calme, et il n'y avait pas de queue.

« Qu'est-ce qu'il se passe ce soir ? Il n'y a pas de clients ? » demanda-t-elle au photographe. Elle n'avait jamais eu le temps de lui parler.

« Il y a surtout des prévisions d'ouragan. Les gens sont restés chez eux. Je vais peut-être te prendre en photo avec des jouets. On peut faire des natures mortes artistiques.

– Je préfère les fruits et les tournesols.

– Peut-être qu'on peut se contenter d'apprécier le calme avant l'orage...

– Vous avez raison ! »

Samantha avait le temps de lire quelques poèmes. Le premier lui fit un choc.

Notre Dame des Livres sortit dans la neige
Chercher des ombres au cœur de la nuit
Les captiver en leur tendant un piège

Cet ange littéraire vint avec son cri

Elle se dit Père Noël fanatique de bouquins
Mais eux ils n'aimaient que le plastique
Pour eux ses livres étaient hautement mesquins
Ils agirent donc d'une façon dramatique

Elle ramassa les livres elle cousit son cœur
Ils retournèrent à l'écran de verre
Tant pis elle les gardera bon joueur
Il y a d'autres lecteurs sur la terre.

Ce n'était pas le poème de M. Tout-le-Monde. C'était l'œuvre d'un espion. Peut-être avait-il mis des micros dans le costume. Le scélérat ! Si c'était ça l'amour, il faisait chou blanc. Elle se rendit alors compte qu'elle avait quelque chose de dur dans sa poche. Elle n'avait pas beaucoup d'imagination, mais elle avait l'impression qu'elle était entourée de pièges et de guets-apens. Les sourds imaginent ce qu'ils ne peuvent pas entendre. Elle s'assit avec sa main autour de la chose. Elle n'avait pas le courage de la sortir et de la regarder. Cramponne-toi donc à tes illusions ! Cramponne-toi à ta chère vie.

Elle tint quelques secondes avant d'extraire l'objet dangereux de la poche. Pourquoi voudrait-il la tuer ? Il avait bien dit qu'il travaillait pour les Russes ! Mais tout ce roman d'espionnage, c'était de l'histoire ancienne.

L'horrible chose était tout simplement un cœur en chocolat enveloppé dans du papier d'aluminium rouge sur lequel il y avait écrit : *Mange-moi.* C'était du chocolat noir amer, amer comme elle l'aimait, et c'était la nourriture la plus douce qu'elle ait jamais mangée. L'amour était peut-être le chocolat le meilleur et le plus amer qui enrobe notre cœur des sensations les plus douces. Elle fondait de nouveau en rêvant à lui. Elle lut un autre poème qui lui fit un autre choc :

C'est un mot embêtant que l'on emploie
[rarement
Cinq lettres qui brillent dans le noir

C'est une nouvelle qu'on donne victorieusement
Une chose intangible qui nous remplit d'espoir

Cela t'arrive le jour où tu l'attends le moins
Et frappe le bourgeon qui fleurit
C'est un système ancien tout à fait au point
Une machine minuscule au pouvoir infini

Tu peux mentir des fois mais pas à ce sujet
Seulement si tu te mens à toi-même
Ça vient avec une caresse et des baisers
À vos marques, prêts, je t'aime !

Tous les poèmes étaient accompagnés de pseudonymes. Celui-ci était signé Redgreen. Elle le relut encore et encore. Elle parcourut quelques autres poèmes et une douzaine de dessins. Les chansons de Noël retentissaient en écho dans tout le magasin afin de donner une impression de plénitude. Le photographe s'était endormi. Samantha n'était pas censée bouger de son trône, elle chercha M. White du regard pour qu'il la délivre. Elle ferait aussi bien de rentrer à la maison.

Good Buy n'avait pas de fenêtres, c'était le règne de la lumière électrique pour faire croire qu'on était en plein soleil dans un marché de Provence, ou que l'on n'était pas dans un monde où les conditions atmosphériques pouvaient troubler le beau temps. Samantha trônait sans fléchir, complètement retirée du monde extérieur, parcourant le magasin du regard à la recherche d'objets à échanger contre des espèces sonnantes et trébuchantes, des objets pour emplir le vide qui envahit parfois notre tête. Aucun être humain ne quitte cette planète en ayant satisfait ne serait-ce que la moitié de ses désirs. Il vaut mieux ne pas avoir de désir pour ce qu'on ne peut pas obtenir.

Elle se dit que si elle se levait et se promenait dans le magasin, elle pourrait profiter de la soirée sans client pour acheter des cadeaux, et même un cadeau de Hanoukka pour Sam peut-être... Elle pouvait aussi rentrer tout simplement à la maison. C'était quand même stupide de rester là à ne rien faire.

Elle se dirigea vers le bureau et vit M. White

en train de s'égosiller dans le téléphone. Il lui fit signe qu'il viendrait lui parler dès qu'il raccrocherait.

Elle se réinstalla sur son trône et s'entraîna à se tourner les pouces. Le photographe ronflait. Quand M. White arriva, elle lui montra ses pouces: «Vous ne vous êtes peut-être pas tourné les pouces, mais moi si! J'ai lu les poèmes, j'ai gardé la forteresse, ne pensez-vous pas que je pourrais rentrer tôt ce soir? J'ai vraiment l'impression que la fête est finie.

– On n'a jamais eu une soirée pareille dans toute l'histoire des achats de Noël! Encore une et c'est la ruine totale!

– Alors vous voulez bien me laisser rentrer?

– J'ai bien peur que non, Samantha. La police vient de demander à tout le monde de ne pas sortir. Tu ne vas pas pouvoir rentrer chez toi ce soir – on va avoir l'ouragan le plus terrible depuis 1837.

– Je n'habite pas loin, je peux rentrer à pied, j'y arriverai bien!

– Je ne peux pas te laisser essayer. Je vais faire une annonce, vous pouvez tous appeler chez vous, mais que personne ne rentre. Je vais vous offrir l'hospitalité ici même, dans l'hôtel *Good Buy*. Tu peux enlever ton costume si tu veux. »

Enlever l'empreinte de Sam de son corps ! C'était bien la seule chose qu'elle ne voulait pas faire. C'était dommage que celle-ci soit sous forme de Père Noël chaud et plein de transpiration. Elle appela ses parents, mais la ligne était occupée. Elle appela Jill. Occupé. Elle appela Sam, et sa mère lui dit qu'il passait la nuit à l'école du soir où il donnait des cours et qu'elle était soulagée, il était si raisonnable, il n'essayait pas de faire un acte insensé, il ne fallait absolument pas sortir, c'était terrible dehors.

Samantha sortit pour jeter un coup d'œil au temps. Même des Esquimaux auraient pensé que c'était un véritable cauchemar. On ne voyait pas à un mètre tant le monde était devenu blanc et sauvage.

Samantha partit à la recherche du groupe des sans-abri, mais ils n'étaient plus là. Ils avaient dû émigrer ou bien on leur avait demandé de partir. Elle essaya de rappeler ses parents. Toujours occupé ! C'était à vous rendre fou ! Ils n'étaient probablement même pas inquiets. Si vos propres parents ne s'inquiètent pas pour vous, qui le fera ? Une autre perle de sa grand-mère : « Le Seigneur m'a donné un cerveau qui travaille si vite qu'en un instant je peux m'inquiéter autant que les autres en un an. »

Elle se demanda si elle pourrait s'endormir sur son trône puis elle se souvint du rayon ameublement. Elle avait un large choix de lits ! Elle les essaya tous, comme Boucles d'Or. Elle pensa aux Marx Brothers dans le grand magasin. Elle choisit un lit électrique qui monte et qui descend, qui va en avant et en arrière, avec les jambes en l'air, la tête en haut pour former un V avec son corps. Elle joua un moment avec les boutons jusqu'à ce que M. White accoure avec le téléphone sans fil.

« Samantha, c'est tes parents. Ils étaient morts d'inquiétude. Pourquoi n'as-tu pas téléphoné ? »

Samantha se saisit de l'appareil. « J'essaie de vous joindre depuis le début de la soirée, pas moyen ! Êtes-vous sains et saufs ?

– Papa voulait venir te chercher, mais il ne peut même pas atteindre la voiture.

– Tout va bien, maman. Comme tu le dis toujours, tout peut servir d'expérience. J'ai un bon lit tout équipé avec des draps, des coussins et un duvet. J'ai des livres et je suis en bonne compagnie. C'est la fête ici. Peut-être que j'irai au rayon lingerie pour m'acheter un pyjama.

– Tu peux aussi bien attendre les soldes de janvier.

– Mais c'est maintenant que j'ai besoin d'un pyjama.

– D'accord, ma chérie. Fais ce que tu veux. Dors bien. As-tu faim ?

– Je n'y avais pas pensé, mais j'ai assez faim ! Je crois que M. White va apporter des pizzas pour le personnel.

– Super. J'aimerais bien y être. Amuse-toi bien !

– J'espère te revoir un jour, maman. Tu as été une mère presque parfaite.

– Presque ?

– Une mère ne peut pas être plus parfaite que presque parfaite !

– Alors toi, tu as été une fille presque bonne.

– C'est assez bon pour moi. À bientôt, maman. »

Cette conversation, plus la pizza, plus la glace au chocolat, lui donna assez d'énergie pour faire tout son shopping. Elle s'acheta d'abord une chemise de nuit, blanche, longue, en dentelle, à la fois sexy et virginale, en solde pour elle ne savait quelle raison, sans doute parce que personne d'autre ne voulait l'acheter. Sa mère serait fière d'elle. Sam, Sam, Sam. Elle s'acheta du dentifrice, une brosse à dents, et du talc pour remplacer le bain qu'il lui aurait fallu prendre de toute urgence. Sam, Sam, Sam. Elle regarda les robes de mariées et fut tentée de les essayer mais elle ne voulait pas les souiller de son corps en sueur. Puis elle retourna acheter une autre chemise de nuit transparente. Les mères aussi ont le droit d'être sexy.

Une fois qu'on commence à acheter, on ne peut plus s'arrêter. Ses mains prenaient tout ce que ses yeux apercevaient. Elle acheta du maquillage pour Theodora et un ensemble sexy. Les petites sœurs aussi ont le droit d'être sexy. Tout le monde a le droit d'être sexy ! Sam, Sam, Sam. Elle se promena dans le rayon librairie et acheta un livre beaucoup moins sexy à son père : *L'Histoire de l'antisémitisme* en quatre volumes, qui venait de sortir en poche, ce qui convenait bien à son maigre argent de poche justement.

Elle retourna aux chemises de nuit et acheta la dernière pour Jill. Les meilleures amies ont aussi le droit d'être sexy. Elle erra dans le rayon homme, touchant les chemises, les cravates, les pulls, tous aussi ennuyeux les uns que les autres. Elle mit son veto aux slips, aux chaussettes, aux T-shirts aux dessins stupides, aux pyjamas et autres robes de chambre, et surtout aux pantoufles. Oh là là ! Sam, Sam, Sam ?

Elle finit par retourner à son cher rayon des jouets et lui acheta un jouet mécanique : un drôle de petit bonhomme qui marchait le long de la route de la vie avec une valise. Ça avait l'air tout à fait à propos et symbolique. Le Juif errant ! Sam, ne te mets pas à errer loin de moi !

Elle fit faire des paquets-cadeaux pour tout sauf les livres. Elle alla aux toilettes, se changea, se lava aussi bien que possible et prit une douche de talc avant de se glisser dans son lit programmable de luxe qui devait lui assurer les rêves les plus technologiques. Elle commença à lire le livre sur l'antisémitisme. On en avait toujours parlé dans sa famille comme d'un virus fatal, et comme pour tout virus, personne n'était épargné – cela pouvait frapper n'importe qui à n'importe quel moment. L'oncle Jerry disait : « La calamité est peut-être aveugle, mais elle a un don remarquable pour mettre la main sur les juifs. » L'antisémitisme n'avait pas encore mis la main sur Samantha. Ils ne faisaient qu'en parler, y penser et lire à son sujet tout comme elle le faisait dans son berceau électronique. Pour elle, l'antisémitisme vivait dans les livres tout comme la guerre vivait dans la télé.

Elle lut au lit : *L'antisémitisme est la peste des juifs. Le but de l'antisémitisme, quand il est dans sa phase de politique active, est la déchéance des juifs, par le retrait de leurs droits civiques, politiques, sociaux, économiques et religieux, pour finir par leur extermination.* Samantha tira les couvertures jusqu'à son menton et parcourut les chapitres sur l'Empire romain, le Moyen Âge, s'arrêtant sur des mots tels que « oppression », « discrimination », « persécution », « expulsion », « pogroms », qui lui sautaient à la figure comme des monstres préhistoriques. Elle n'avait pas besoin du livre pour tout apprendre sur l'ascension d'Adolf Hitler et la Seconde Guerre mondiale, mais elle continua tout de même.

Samantha était probablement la première juive à s'être endormie au milieu des nazis et des cosaques. Elle n'entendit pas M. White s'asseoir sur le lit, et M. White ne savait pas qu'il avait atterri pile sur le bouton qui faisait remonter la tête de lit vers l'avant, et le pied vers le haut, ce qui força son propre derrière à glisser en plein sur Samantha, qui se réveilla persuadée qu'elle était victime d'une attaque antisémite.

«À l'aide! s'écria-t-elle. Dieu! à l'aide! N'importe qui, à l'aide! Sam, à l'aide!»

M. White mit gentiment sa main sur la bouche de Samantha avant qu'elle ne réveille tout le magasin. «Je suis désolé, Samantha, je voulais seulement parler du concours. J'ai pensé que c'était le moment idéal, puisqu'il n'y a pas de clients et que nous sommes sous le même toit.

– Bien plus que sous le même toit!» s'écria Samantha, complètement écrabouillée sous le poids de M. White.

Ce ne fut pas facile pour M. White de s'extraire du lit tordu et de le remettre dans sa respectable position horizontale. Dommage qu'il n'ait pas eu à écrire lui aussi une rédaction sur une situation embarrassante. Il était devenu jaune à pois rouges de honte. Tout ce qu'il eut la présence d'esprit de faire fut de s'enfuir en marmonnant : « Bien bien, ma chère, retourne te coucher. Je vais y réfléchir et je t'en parlerai demain. J'ai une idée de génie ! »

Il était pratiquement sorti du champ de vision de Samantha quand il revint à l'assaut, contourna son lit et siffla : « Tu es de confession israélite, n'est-ce pas ? » C'est sur cette dernière question troublante qu'il la quitta pour la laisser dormir en paix.

X

M. White revint plusieurs fois au cours de la nuit en espérant que Samantha serait réveillée et disponible pour une grande réunion de travail. Selon toute apparence, elle était profondément endormie. Ni lui ni elle ne se rendaient compte des batailles qui avaient lieu dans les recoins de ses rêves. M. White était tout simplement ennuyé d'être si frais et dispos alors que le monde entier n'était pas du tout disposé à coopérer. Le gérant n'était pas un grand intellectuel génial. Il ne pensait jamais à rien d'autre qu'à *Good Buy*. Il avait eu de la chance d'atterrir à ce poste glorieux avec un malheureux diplôme d'une petite école de commerce inconnue. Peut-être que les directeurs voyaient en lui le travailleur dévoué, ambitieux et enthousiaste qu'il était, œuvrant jour et nuit de tout son cœur afin d'en faire le maximum avec ses dix doigts. Il investissait toute sa passion et son inspiration dans cette branche marginale d'une chaîne de centres commerciaux et, de fait, son zèle avait fait de ce petit maillon de la chaîne un grand succès.

Maintenant toute son énergie était tendue vers Noël et vers Samantha, cette lycéenne qui, elle, avait un grand cerveau et qui était la partenaire idéale pour son projet. Elle faisait un Père Noël sublime, il l'avait senti dès le début. Elle était destinée à ce rôle avec ses cheveux blancs. L'autre jeune homme était poli et compétent, mais il n'avait pas son entrain.

Ce nouveau projet qui allait embellir le concours de la Rime à la Joie n'allait pas seulement attirer les médias et les clients, mais il allait également améliorer le monde.

M. White était si agité que lorsque l'horloge sonna huit heures, il n'eut plus la patience d'attendre une minute de plus pour révéler son idée à Samantha. Heureusement, les employés de la cafétéria étaient arrivés tôt au travail puisqu'ils n'étaient pas rentrés chez eux non plus. Il acheta donc des tasses de café et des croissants, oubliant les dangers du lit supersonique. Il posa le sac sur le lit qui se releva aussitôt et fit sauter Samantha d'un bond avant d'être électrocutée.

Il avait toujours été conciliant et plein d'égards envers elle, en bon patron, mais maintenant il se comportait comme un pervers sadique. Pourquoi lui amenait-il le petit déjeuner à ELLE, l'employée la plus mineure, la plus temporaire, la plus insignifiante de tout le magasin ? Pourquoi dansait-il autour d'elle de cette façon ? L'avait-il vue dans la culotte de tante Millie ?

« Samantha, tu fais vraiment un excellent travail et le magasin t'en est extrêmement reconnaissant. En fait, j'ai pensé à une promotion... »

« Comment peut-on être promu quand on est le Père Noël ? se demanda Samantha. On peut être nommé Dieu peut-être ? » Elle était tellement troublée qu'elle en était sans voix. Elle ne pouvait que le laisser continuer son discours.

«J'ai eu cette idée merveilleuse pour notre concours. Puisque ce concours est le fruit de ta grande créativité, il est juste que je te donne l'honneur de mener mon projet à terme.»

«On peut dire que ce type est rusé!» pensa Samantha. Il lui faisait un grand numéro de lèche pour qu'elle ne puisse pas refuser de le faire. Au moins, il n'en avait pas après son corps voluptueux. «Vous savez, M. White, je suis complètement surmenée entre le lycée, les devoirs, ce travail et les préparatifs pour les démarches de préinscription en fac.

– Je ne vais pas te demander du travail en plus, ma petite.

– Alors il ne devrait pas y avoir de problème. Que voulez-vous que je fasse?

– Bon, tu as bien avoué que tu étais de confession juive?»

Avoué? Elle se demandait si on pouvait appeler ça un genre spécial d'antisémitisme américain. Elle décida qu'elle était prête à affronter n'importe quelle épreuve. « Oui, je suis aussi juive qu'on peut l'être.

– C'est merveilleux ! » proclama M. White. Peut-être qu'elle devrait lui prêter les quatre volumes pour qu'il puisse voir combien cela avait été merveilleux d'avoir été accusé, humilié, menacé et saigné ! Peut-être qu'il se mettrait alors à lui dire que tous ses meilleurs amis étaient juifs. « Je n'ai jamais vraiment eu l'occasion de côtoyer des personnes de ta confession, mais on m'a toujours dit du bien de ses membres. » Il n'arrivait même pas à prononcer le mot. « Et tu es la preuve que cette réputation est méritée. »

Elle ne savait pas si elle devait le remercier ou lui dire que tous les juifs ne méritaient pas cette mention spéciale. Elle apprivoisa sa langue et resta tranquille.

« Il me semble que vous êtes sur le point de célébrer *votre* Noël. J'ai lu qu'il était appelé Hanoukka.

– Ça n'a rien à voir avec Noël, monsieur

White. Il se trouve que ça tombe à peu près en même temps cette année.

– Mais est-ce qu'on ne la surnomme pas « la fête des lumières » ? Et vous allumez bien un chandelier qu'on appelle une menora ?

– Oui.

– Et vous échangez bien des cadeaux dans le véritable esprit de Noël ?

– Oui, mais ce n'est pas l'esprit de Noël. À l'origine, c'était un moyen pour encourager les enfants à bien étudier à l'école. On leur donnait de l'argent de poche et c'est tout.

– Il y a cependant un esprit de joie et de bonne volonté ?

– C'est une commémoration historique de la victoire sur l'assimilation. » Elle serait bien entrée dans la longue histoire qu'elle avait apprise au Talmud Torah, mais White n'écoutait pas, il était en plein envol vers la bonne volonté, et il la tirait littéralement vers une destination inconnue. Le café était en train de refroidir et les croissants de moisir.

« Viens avec moi pour un instant, je te

prie… » dit-il comme si elle avait le choix. Il l'entraîna dans l'ascenseur qui les laissa dans un endroit sordide au-dessous du sous-sol aux soldes. Ici les soldes étaient enterrés dans d'énormes cartons déposés dans des allées sombres. White ne semblait pas pressé d'éclairer le chemin et les frayeurs de Samantha furent ravivées.

Ils se frayèrent péniblement un chemin jusqu'à ce qu'ils parviennent à la hauteur d'un objet étrange, au moment même où les lumières s'allumèrent, comme si M. White avait soigneusement préparé cette mise en scène pompeuse. Elle s'aperçut qu'elle était au pied d'une menora géante en papier mâché, peinte d'un vert macabre.

« Tu vois que je ne me suis pas tourné les pouces. J'ai fait de la recherche sur le sujet. Est-ce que c'est une bonne copie ? »

Samantha compta rapidement les branches. Elles y étaient toutes, les huit plus celle qu'on appelle le « shamas », qui sert à allumer les autres.

« C'est bon », murmura-t-elle, pour ne pas avoir à trahir son choc devant cette imitation grotesque qui ressemblait à un fantôme malade.

« On m'a aussi appris que vous célébrez ces festivités pendant huit jours, et que vous allumez une bougie de plus chaque soir jusqu'à atteindre les huit.

– C'est exact. Cette coutume nous rappelle le miracle de la minuscule goutte d'huile qui a duré huit jours après qu'on eut nettoyé le temple profané. » M. White ne voulait pas en savoir autant.

« Et cette année, le huitième soir correspond à notre cérémonie ! » dit White avec jubilation.

Ceci parut bien peu miraculeux à Samantha.

« Commences-tu à comprendre où je veux en venir ? »

Elle commençait à comprendre qu'elle aimerait bien sortir de cette cave sordide avec ce philosémite qui lui faisait passer un test. En fait, elle n'avait pas besoin de comprendre car il était déjà en train de l'éclairer.

« À la fin de la cérémonie, après les chansons de Noël chantées en chœur avec la foule et la lecture de *La nuit avant Noël* par un acteur célèbre, toi, Samantha Greenberg, dans tes habits de Père Noël...

– Quel acteur ?

– Nous ne l'avons pas encore trouvé. Mais toi ! Samantha Greenberg, habillée en noble Père Noël, tu allumeras la huitième bougie de ce chandelier en un geste symbolique qui liera les confessions juive et chrétienne. » Il fit cette proposition époustouflante à Samantha comme s'il lui offrait d'être reine des États-Unis d'Amérique, ou même impératrice.

Samantha savait qu'elle ne voulait pas être reine, ni impératrice, ni tsarine, elle voulait juste entrer dans une bonne université, trouver un travail intéressant, épouser un homme charmant, drôle et en bonne santé, et avoir des enfants sains de corps et d'esprit qui ne croiraient jamais au Père Noël. Samantha savait aussi d'instinct qu'elle ne pourrait jamais, même sous la menace d'un fusil, allumer publiquement la menora dans son costume de Père Noël. Ce ne serait qu'une disgrâce pour ses parents, une impossibilité viscérale. Elle se dépêcha de penser à la meilleure formulation possible de son refus catégorique.

« Monsieur White, pensez à deux aliments que vous détesteriez manger ensemble. »

Il eut l'air étonné.

«... du beurre de cacahuète et du pâté de foie de volaille par exemple.

– Ça pourrait être intéressant, le beurre de cacahuète, c'est bon avec tout. » Ça n'allait pas être facile.

« Alors pensez à autre chose. »

Il eut l'air de se concentrer très fort, comme si le destin du magasin dépendait de sa réponse.

« Des hamburgers avec de la sauce au chocolat ! » dit-il avec un sourire qui savourait sa recette.

« Bien ! Maintenant pensez à deux produits chimiques qu'on ne peut pas mélanger... sauf si on veut faire une bombe.

– Je n'ai jamais été très bon en chimie.

– Mais vous comprenez.

– Pas vraiment… » Son visage se transforma en grand point d'interrogation.

« Monsieur White, si je vous dis qu'il ne faut pas attacher un bœuf et un cheval au même carrosse ?

– Je ne te suis pas bien…

–Vous voyez, monsieur White, les choses sont bien pour elles-mêmes, toutes seules, mais quand on essaie de les mélanger, ça les déforme, et chacune perd son goût distinct.

– Oui, je suis d'accord.

– Alors vous voyez bien que le Père Noël ne peut pas allumer la menora.

– Il y a pas mal de personnes de ta confession parmi les clients de *Good Buy*, n'est-ce pas ?

– Oui, je pense bien.

– Ne serait-ce pas charmant de célébrer ce mariage symbolique entre les deux fois ?

– Trouveriez-vous charmant de marier un lapin et une carpe ?

– Une carpe ?

– Un poisson. Les lapins sont bien, et les poissons sont bien, mais voudriez-vous les marier ?

– Je crois que je vois où tu veux en venir. Tu ne veux pas le faire.

– Je ne PEUX pas le faire, M. White. En Samantha Greenberg peut-être, mais pas en Père Noël. »

La confusion et la déception de White, son projet transformé en baudruche éclatée, étaient si grandes qu'il abandonna tout simplement le sujet, comme s'il allait éclater en sanglots s'ils en parlaient une seconde de plus.

« Eh bien Samantha, j'ai un autre service à te demander.

– Vous pouvez toujours essayer.

– Il n'y a pas d'école aujourd'hui.

– Alléluia !

– Les gens n'iront pas au travail non plus ; ils resteront pas loin de chez eux. Ce qui veut dire qu'il y aura beaucoup de clients qui viendront jusqu'ici. Les bus fonctionnent et on est en train de déblayer les routes. On a complètement nettoyé le parking et nous avons loué nos propres bus pour ramasser les clients du voisinage. Nous attendons donc une grande foule.

– Ça devrait compenser pour hier soir...

–Le problème, c'est que l'autre Père Noël a appelé pour dire qu'il n'arrivait pas à venir jusqu'ici, ce qui nous met dans l'embarras.

– Que lui est-il arrivé ?

– Il n'a pas confiance en sa voiture, c'est tout. Penses-tu pouvoir rester avec nous aujourd'hui ? »

Samantha mourait d'envie de rentrer à la maison, de se changer, de cacher ses cadeaux, et même de faire ses devoirs, tout sauf rester dans ce magasin rempli de chansons de Noël. Mais elle ne pouvait pas refuser deux fois de suite.

« D'accord. Il faut juste que j'appelle mes parents pour leur dire que je travaille ici aujourd'hui. »

White était soulagé mais encore absorbé par son idée Hanoukka-Père Noël. « Tu penses que le jeune homme accepterait d'allumer les bougies ? » Samantha était effarée de voir que White n'avait pas compris ce qu'elle avait essayé de lui faire entendre.

« Écoutez, monsieur White, pourquoi n'appelleriez-vous pas le rabbin pour en discuter avec lui ? Il s'appelle rabbin Poppel. Je vous donnerai son numéro après avoir appelé ma mère.

– Bonne idée, Greenberg. »

Samantha le laissa planté là à contempler la menora. Elle monta, but son café froid, fit son lit, se lava et retourna dans sa peau de Père Noël.

XI

Le magasin était si plein d'allégresse que même Samantha, qui était là à contrecœur, entra dans la danse. Pour tout le monde, ce jour gratuit était un cadeau, une journée inespérée à dédier au plus grand sport des Américains : le shopping. Les parents déposaient leurs enfants dans la queue devant le Père Noël et allaient joyeusement faire des affaires.

Les enfants restaient très sages par peur du Père Noël. Au cas où ils l'oublieraient, les haut-parleurs n'arrêtaient pas de leur seriner des chansons de Noël vantant la vigilance du Père Noël. À midi, Samantha en avait fait passer plus d'une centaine avec photos à l'appui. White vint la voir et lui dit « tchiiize ! » pensant qu'il était le charme incarné.

« Monsieur White, j'aimerais bien avoir une

demi-heure de repos. Je meurs de faim et je dois téléphoner. C'est de l'esclavage !

– Pourrais-tu attendre jusqu'à une heure ? La queue diminue et nous arrêterons à une heure pendant une demi-heure pour que vous puissiez vous reposer tous les deux. »

À une heure, la queue était toujours aussi longue. White ne vint pas la délivrer, mais quelqu'un d'autre le fit à sa place : sa mère enveloppée de la tête aux pieds dans un anorak qu'un pauvre cher parent décédé avait dû laisser dans un grenier. Elle n'était identifiable que par ses yeux et quelques petits bouts de joues... plus le Thermos rouge et blanc qui demeurait habituellement dans la cave. À l'intérieur, il y avait du bouillon de poulet, préparé pour lutter contre le mauvais temps et le mauvais augure, remonter le moral et donner de l'énergie dans les épreuves.

« Que se passe-t-il dans le monde ?

– Le monde se renouvelle tous les matins – c'est le cadeau de Dieu, et un homme devrait croire qu'il renaît tous les matins. »

Samantha sirota sa soupe. Sa mère lui répétait cette phrase tous les matins au lieu de lui dire bonjour. Elle n'avait rien demandé de plus qu'un bulletin météo. « Et quoi d'autre de neuf ?

– Le monde est congelé. Cela nous donne du répit.

– Cela donne un répit à QUI ?

– Les mères fatiguées.

– Alors tu fais encore des heures sup ?

– La maternité n'a aucun congé. » Mme Greenberg ouvrit un sac et montra à Samantha son costume de Père Noël réparé. « J'ai mis du temps pour le réparer, mais c'est un véritable patchwork.

– Merci maman. Comment es-tu arrivée ici ? Vas-tu rester jusqu'à ce que je puisse partir ? Est-ce que papa est allé au travail ?

– Papa est à la maison à décortiquer les programmes de télé de la journée. Je suis venue en voiture... très lentement. Appelle-moi quand tu es prête à partir et je reviendrai te chercher.

– Maman, tu es une amie toujours présente dans le besoin. On ne sait jamais tout ce pour quoi on doit être reconnaissant.

– Je te suis reconnaissante de m'avoir faite mère. »

À une heure quinze, tandis que Samantha engloutissait sa soupe, White tint sa promesse. Délivrée de sa faim, Samantha courut appeler Sam. Sa mère, qui avait déjà la voix d'une belle-mère, répondit : « Il n'est pas là. Il est resté à l'école pour donner des cours supplémentaires aux étudiants du soir qui étaient libres aujourd'hui. Je vais te donner son numéro. »

Il répondit dès la première sonnerie. Il avait l'air content d'avoir de ses nouvelles. Elle lui raconta son histoire et il lui raconta la sienne.

« Où as-tu dormi ?

– Par terre. Et toi ?

– Sur un lit d'un million de dollars.

– As-tu trouvé le cœur ?

– J'ai mangé ton cœur !

– Tu as rongé mon cœur! C'est pour ça que j'ai eu mal au cœur toute la nuit.

– J'ai mangé tes poèmes aussi.

– Oh, les poèmes. Ils sont le fruit du romantisme de la jeunesse. Tu es ma muse, tu m'as inspiré.

– C'est pour ça que j'ai la migraine.

– Si les routes sont déblayées, dis à White que je vais venir prendre ta place ce soir, si tu ne meurs pas étouffée avant.

– Si je ne meurs pas d'impatience avant de te revoir. Je serai peut-être étouffée par mes propres illusions. Heureusement que tu m'entoures; j'habite dans ta tente.

– Ne me mouille pas trop, j'arrive.

– Il y a assez de place pour nous deux. je garde ta place au chaud... si je ne meurs pas écrasée sous le poids de trois cents enfants sur mes pauvres genoux surmenés.

– Dis-toi bien que si tu meurs jeune, tu ne seras jamais pleine de rhumatismes et d'arthrose.

– Je suis jeune et déjà pleine de courbatures. Je vais sans doute mourir sous les baisers de tous ces gosses à l'haleine chargée de tutti-frutti, ou attaquée par leurs poux !

– Peut-être que tu vas simplement t'évanouir de chaleur.

– Je ne suis pas du genre à m'évanouir, plutôt à mourir.

– Ne t'inquiète pas, t'as plein de temps avant de mourir.

– Combien de temps ? Combien de "hum, hum" ?

– Il vaut mieux avoir une mort honorable qu'une vie misérable.

– S'il te plaît Dieu, ne me laisse pas mourir en Père Noël. Rappelle-moi de te parler de l'idée du siècle de White. Non, ne me le rappelle pas !

– Quoi ? je meurs de curiosité, mets fin à mon agonie ! »

Samantha raconta l'épisode d'une voix dramatique, du lit à la cave.

« Je ne peux pas le croire !

– Il était plein de bonnes intentions !

– Seuls les ignorants sont vraiment pauvres.

– Pauvre White. Il a ses idées. Maintenant il va te demander de le faire.

– Merci bien, je crois que je vais démissionner.

– Nous aurions dû démissionner avant même de commencer. Tu vois comment une chose peut en entraîner une autre. On perd le contrôle de son destin.

– Le destin nous a réunis. Le Père Noël nous a permis de nous rencontrer.

– C'est un cas de fausses identités.

– Eh oui. Le Père Noël a failli causer ta perte l'autre soir.

– N'en parle plus jusqu'à Noël prochain!

– Je ne sais pas comment t'appeler – j'aimerais trouver un terme plein de tendresse tel que «ma chérie», «mon cœur», ou «ma petite mimi».

– Ne me rends pas malade! Appelle-moi Sam tout simplement.

– Et alors moi, comment vas-tu m'appeler?

– Père Noël ?

– Tu as jusqu'à mon arrivée pour trouver mieux. »

Cela donna un but à Samantha, qui passa sa journée à sourire. Les gens s'appelaient « mon amour », « mon chou », « mon bébé »... Elle les rejeta : trop mièvres et surexploités. Entre chaque assaut de ses genoux, elle essaya d'autres noms, mais ils avaient tous trait à la nourriture : soupe de pommes de terre, gâteau au chocolat, glace à la vanille, soufflé aux courgettes. Pouvait-on imaginer appeler quelqu'un « mon petit soufflé aux courgettes » ?

Un immense garçon de dix ans s'assit sur elle et elle trouva d'autres possibilités : Hercule, Samson, Rambo...

Des jumeaux prirent place chacun sur un genou et elle essaya les doubles syllabes : Kiki, Toutou, Bibi, Lulu, Flanflan.

Elle pouvait aussi l'appeler Samchik, Samele, Samenu, Samchel. En fait, Samson n'était pas une si mauvaise idée, puisque ça contenait son vrai nom, mais était-ce approprié ? Il lui avait sauvé la vie, mais était-il si fort que ça… et même si faible ?

Une petite fille accrochée à son ours en peluche lui fit penser à des surnoms tels que mon lapin, mon canard, mon écureuil, mon ourson. Une autre avec une sucette à la bouche lui fit penser à la barbe à papa, aux marshmallows, aux Smarties, aux Carambars…

Un autre enfant qui mâchouillait le bonbon préféré de Samantha lui donna de nouvelles idées. Mais elle était sûre qu'elle allait trouver : les étiquettes de l'amour, tout comme le prix des choses, devaient être apposées dans leur contexte. Son nom lui viendrait dans le cœur avec le temps et l'expérience.

L'expérience est le nom que les gens donnent à leurs erreurs. Elle pensa à son expérience de Père Noël aux livres. Avait-elle appris quelque chose ? Elle pensait à ses livres projetés sur elle, des bombes de papier qui auraient pratiquement pu la tuer. Elle était tellement plongée dans ses pensées, si ensommeillée et pleine de sueur, qu'elle ne prêtait plus tellement attention à ceux qui prenaient ses genoux d'assaut... et puis ce fut trop tard.

L'enfant géant Butler, qui avait offert son téléphone au Père Noël, était sur elle, et avant qu'elle puisse prononcer de nouvelles excuses, un nouveau poignard – et pas un jouet – traversa la veste gonflable qui la transformait en gros Père Noël, puis transperça sa peau. Butler se leva avant que le photographe ait pu faire la mise au point et avant que la foule ait compris ce qui se passait. Il marcha tout à fait normalement avec sa bande jusqu'à la sortie.

Samantha, qui n'était pas du genre à s'évanouir, tomba dans les pommes. Mais elle prit son temps, comme si elle était encore en train d'essayer des noms : chou à la crème, tourtereau, ange en sucre, sucre d'orge...

Quand elle eut perdu totalement conscience, le photographe retrouva la sienne. Quand il parvint au trône, elle était si bien entourée de petits et de grands, que non seulement elle était blessée, mais, en plus, complètement écrabouillée.

Elle n'était pas tombée de son trône, comme si, même dans cet état pitoyable, elle savait qu'il fallait garder la forteresse. Elle avait l'air d'être profondément endormie. Elle souriait même : mamour, mon chouchou, poupinet...

Le photographe se fraya un chemin et la secoua. Alors elle tomba pour de bon et les gens se mirent à crier. C'était tout au ralenti. Sauf pour White qui se déplaçait rapidement et efficacement malgré sa grande émotion.

« Est-ce que le Père Noël est mort ? » demanda un tout petit garçon.

« Non, mon trésor, juste un peu fatigué avec tout ce travail avant Noël. » Mais White n'était pas si sûr. Non seulement il aimait bien cette fille, mais en plus c'était la pire catastrophe de toute sa carrière, pire même que la ruine, et c'était en plus l'événement le plus violent de sa vie.

Il donna des douzaines d'ordres dont : « Appelez une ambulance ! » « Appelez la police ! « Prévenez ses parents ! » « Que tout le monde s'éloigne ! »

Les ambulanciers arrivèrent en même temps que Sam. White vint vers lui en gémissant : « Oh, heureusement que tu es là, tu nous sauves la vie ! » Sam avait l'impression qu'il arrivait trop tard pour sauver la vie. Il n'écoutait pas White, il les regardait allonger le Père Noël sur un brancard et enlever non seulement son uniforme, mais aussi un morceau de lui-même. Il était attaché à ce morceau et il ne pouvait que le suivre dans l'ambulance. Sa dernière vision fut le visage blanc de White empli de consternation. Sam prit fermement la main de Samantha et n'arrêta pas de lui parler.

Ses parents étaient déjà arrivés à l'entrée des urgences. Ils le regardèrent comme si ç'avait été sa faute. Peut-être bien. S'il avait été là pour travailler... et ne l'avait-elle pas prévenu ? Tout ce discours sur la mort...

Il proposa de donner son sang.

Ils attendirent ensemble, pleins d'inquiétude, pendant que le docteur l'examinait. Personne ne dit un mot.

XII

Samantha commençait à s'habituer aux lits étranges dans les endroits bizarres. Elle se réveilla en disant « mon petit chaton, mon petit pingouin, mon poulain ». Justement, Sam était là à côté de ses parents qui chuchotaient comme s'ils se trouvaient à des funérailles : « Ce docteur était bien gentil d'essayer de nous rassurer, mais on voit que ça ne va pas très bien dans sa tête. »

Seul Sam avait compris. Il lui annonça ouvertement : « Moi je sais comment je peux t'appeler : ma chérie, mon adorée, mon amour.

– Alors vas-y !

– Non, je t'appelle Calamity Jane, t'es une Miss Catastrophe.

– C'est pas ma faute, y a pas eu de mal.

– T'as raison, tu n'as rien de grave. Les médecins ont dit que rien n'était cassé. Il y a juste une blessure superficielle. Ils vont te faire une piqûre antitétanique et t'accorder une nuit dans cet hôtel de luxe. Plus de peur que de mal.

– J'ai pas eu peur. Je ne savais même pas ce qui m'arrivait. Maintenant j'ai peur ! Que s'est-il passé ? Ça arrive pour de vrai, ces choses-là ?

– Le chemin de la vie est comme la lame d'un couteau, avec l'enfer de chaque côté. » C'était la contribution de sa mère à la conversation au bord du lit. Sa mère avait l'air exténuée et se disait que c'était plus facile de donner le jour aux enfants que de les élever.

« Samantha, ma chérie, personne ne peut t'accuser d'être une fille ennuyeuse. » C'était la contribution de son père. Ses yeux étaient sortis de leurs orbites. Samantha ne savait pas si c'était parce que sa fille avait été poignardée dans son costume de Père Noël ou à cause d'un trop-plein de télévision.

Jill se glissa dans la chambre suivie de Theodora. Elle apportait une fournée de cookies débordant de pépites de chocolat. « Ils sortent du four. Je les ai commencés dès que Theodora m'a prévenue.

– Il vaut mieux avoir une amie avec des cookies que cent qui ont une dent contre toi.

– La dent est cariée.

– Jill, je te fais une déclaration solennelle : tu es une amie presque parfaite.

– Presque ?

– Accepte le "presque" Jill, dit Mme Greenberg. Accepte tout ce qu'on veut bien te donner. Des fois, presque c'est bien assez. »

Samantha mordit à pleines dents dans un cookie : « Ça doit être ça, le paradis. On est allongé sur un lit propre avec tous ceux qu'on aime autour de soi – en mangeant le meilleur cookie du monde. Voilà comment je t'appellerai, Sam : mon copain en chocolat !

– Et moi je t'appellerai mon genou en chocolat ! »

Personne ne comprit ce qui se passait, mais

on était en pleine fête quand les grands-parents de Samantha ouvrirent la porte avec leurs soupirs et leurs « oy » de jour de deuil. Mais les bras pleins de bonnes choses, pâté de foie de volaille, bouillon de poulet, beignets...

«Tout va bien. Je me porte comme un charme. Prenez un cookie ! Je suis amoureuse. »

Sa grand-mère regarda sa mère avec les yeux pleins de reproche : « C'est comme ça que tu l'as élevée », mais elle se contenta de dire : « Est-ce que quelqu'un a faim ? »

Les parents de Jill entrèrent avec des plateaux de charcuterie, de cornichons, de salade de pommes de terre et une marmite d'amitié.

Le rabbin Poppel et sa femme apportèrent une demi-douzaine de livres et autant de prières.

La prof de gym de Samantha vint avec des brownies, des muffins et le nouvel emploi du temps pour le cours de soutien en gym.

L'équipe du journal au grand complet arriva avec des vidéos et des gâteaux. L'infirmière était sur le point d'évacuer tout le monde quand M. White se précipita dans la chambre avec les bras tellement chargés qu'il avait du mal à s'orienter. Il avait un énorme ours polaire en peluche, une immense couronne de Noël et un carton de cannes à sucre.

« Mon Dieu, Samantha. Il est arrivé quelque chose d'horrible...

– Encore une ?

– Samantha, j'ai complètement oublié de te donner ces cannes à sucre à distribuer aux enfants de la part du Père Noël et de *Good Buy*...

– On peut les rappeler tous ! dit Sam en plaisantant.

– C'est une idée géniale, dit White. Je vais mettre une annonce dans le journal demain.

– Pourquoi ne pas tout simplement les distribuer à la cérémonie ? proposa Samantha pour éviter une dangereuse ruée.

– Ça, c'est la meilleure idée ! Quelqu'un en veut une ? » dit-il avec générosité en tendant le carton comme une ouvreuse de cinéma.

Seule Theodora mordit à l'hameçon. Elle en prit six.

Les policiers vinrent compléter le tableau. Ils n'apportaient pas de nourriture. Ils posèrent quelques questions de routine à Samantha. Elle dit que ses agresseurs étaient des enfants, des mineurs, qu'elle n'était finalement pas sérieusement blessée et qu'elle ne voulait pas porter plainte. En fait, ces gosses avaient servi à la transformer en héroïne aux yeux de ses visiteurs.

« Oui, mais *Good Buy* porte plainte, dit White. Les délinquants juvéniles deviennent des délinquants adultes. Il faut coopérer, Samantha.

– C'est moi qui l'ai cherché. En fait nous l'avons tous cherché.

– Comment ?

– On fait de la fausse représentation.

– C'est à débattre », déclara White.

Avant de pouvoir commencer le débat, ou même de finir la nourriture, les heures de visites furent terminées.

« Le festin n'est pas fini. Demain, c'est le premier soir de Hanoukka. Vous pouvez tous venir dîner pour allumer la première bougie. Et pour célébrer le fait que nous avons toujours notre demoiselle Père Noël avec nous ! » Mme Greenberg était d'humeur à faire la fête. M. White eut l'air très intéressé.

Ils partirent tous sauf Sam, qui ne pouvait pas lâcher la main de Samantha. L'infirmière l'autorisa à rester dans la chambre plongée dans la pénombre.

« Je sais comment je vais t'appeler, Sam.

– J'ai peur de l'entendre.

– Je vais t'appeler mon chevalier de la table ronde.

– J'aime bien. J'essaie d'en être un. Espérons que je ferai honneur à ce surnom.

– Et je ferai de mon mieux pour bien porter le mien.

– Calamity Jane ? »

Samantha approuva.

« Je pense que je peux te faire confiance. »

Ils demandèrent à Sam de venir à la fête avec sa mère. Samantha se prit à rêver que c'était une fête de fiançailles. Elle fut exclue de tous les préparatifs. Il y avait suffisamment de tantes exubérantes et de grands-parents pour éplucher, couper et frire. C'était un dimanche. Il commençait à y avoir de la boue blanchâtre à la place de la neige. Le lycée était encore loin. Tout le monde la traitait comme une petite bulle qu'on ne voulait pas faire éclater. Elle se laissait dorloter avec plaisir et ne dit à personne combien elle se sentait en pleine forme, essayant à grand-peine de ressembler à une tuberculeuse.

Chaque fois que quelqu'un passait la tête à sa porte, elle rugissait : « Qu'est-ce que tu penses de Sam ? » Elle n'avait pas BESOIN des douzaines de confirmations, mais elle aimait les entendre.

Sa mère dont la vie était consacrée à marier ses enfants : « Il est aussi bien qu'on peut l'être. J'organise le mariage pour demain si tu veux. »

Son père qui n'avait pas encore remarqué qu'elle n'avait plus trois ans : « C'est un type très bien... trop mûr pour toi. Tu as le temps d'y penser. »

Sa grand-mère : « Ma mère s'est mariée à quatorze ans. »

Jill était assise au bord du lit et secouait la tête en signe de désapprobation. « On dirait que tu prends tout ça au sérieux, Sam. Tu as encore un an de lycée. On sort à peine de la maternelle où on s'est rencontrées. Tout le monde a l'air de penser que tu vas te marier demain. Vous êtes tous cinglés.

– Jill, j'ai su à la minute où nous nous sommes rencontrées que nous serions amies. Il y a des gens comme ça, et il y a les autres – on les voit et l'on sait qu'on ne pourrait jamais être proche d'eux, leur demander de nous gratter le dos, ou leur dire nos secrets les plus honteux.

– C'est en effet un immense privilège », déclara Jill en approchant sa main du dos de Sam.

«Je n'ai jamais eu de théorie sur l'amour. Maintenant je sais. Je ne veux pas te mettre en colère, Jill, mais ma grand-mère avait raison : ça arrive. Tout simplement. C'est-à-dire... dans certains cas. Ça peut arriver de mille manières différentes. Peut-être que ça t'arrivera aussi. Mais regarde-moi, Jill. On ne peut pas dire que je sois Miss Monde. Je ne pourrais même pas devenir Miss Konkoulufka.

– C'est où, ça?

– C'est là où mon grand-père est né. Ça faisait partie de la Pologne. Dieu seul sait où ça se trouve maintenant.

– Alors c'est nulle part.

– Quelque chose comme ça.

– Ben peut-être que tu pourrais gagner, là-bas!

– Merci bien! J'ai toujours pensé que c'était facile pour les beautés fatales, et que ce serait une longue quête pour moi. Qui pouvait bien tomber complètement fou amoureux de MOI?

– Tu as l'air de dire que tu es tellement reconnaissante que quelqu'un jette les yeux sur toi que tu es prête à épouser le mec. Eh bien je serai la première à te l'annoncer, Sam, c'est vrai, pour tes cheveux, il y a encore du chemin à faire, t'es un peu rondelette même si ton corps est pas mal foutu, mais tu as un visage superbe. Tu n'as aucune confiance en toi, c'est tout !

– C'est bien vrai. Mais j'ai tout à fait confiance en mes sentiments envers Sam. Il suffit qu'il entre dans la pièce et le soleil brille jusqu'en Sibérie. Il me suffit d'entendre sa voix et Bach a des ailes. Il lui suffit de me toucher, et deux anges dansent la valse sous ma peau.

– Je ne savais pas que tu étais si outrageusement romantique.

– Moi non plus. Si on vit assez longtemps, on peut même devenir romantique.

– Je dois avouer que ça a l'air génial, Sam. Je suis jalouse.

– Quand sonnera l'heure, il prendra ton cœur. »

La fête fut un feu d'artifice de symboles : ils dirent, s'échangèrent et mangèrent des symboles. Cela commença avec l'allumage des bougies, les chansons traditionnelles et quelques discours. M. Greenberg parla des Maccabées. Mme Greenberg raconta l'histoire de Hannah et ses sept fils. Mme Rothberg, en pleine forme, raconta comment elle avait survécu à l'Holocauste. Les parents de Jill donnèrent des explications historiques. Les grands-parents répétèrent l'histoire de leur arrivée en Amérique.

M. Greenberg était aux anges avec son cadeau : les quatre volumes sur l'antisémitisme. Il y avait vraiment de quoi être heureux ! Les chemises de nuit sexy eurent aussi beaucoup de succès. Tout le monde veut être sexy. Sam n'avait cependant pas l'air très enthousiaste avec son jouet mécanique, le petit bonhomme avec la valise.

« Est-ce que ça veut dire que tu me chasses ? Alors regarde ce que je t'ai acheté pour t'enchaîner à moi. »

Samantha ouvrit la petite boîte. C'était une chaîne en or avec un pendentif formé des lettres : SAM = SAM. Sur le dos il y avait inscrit : *L'amour transforme une personne en deux, et deux en une.*

« Est-ce que tu peux m'aider à la mettre ? Je l'adore. Je ne l'enlèverai jamais. Merci ! » Elle l'embrassa sur la joue. Il l'embrassa sur le front. Elle l'embrassa sur le nez. Il l'embrassa sur le menton. Une véritable leçon d'anatomie. Puis ils embrassèrent tout le monde avant que les latkes ne leur graisse trop la bouche et les mains.

En plein milieu de cette extase huileuse, on vit arriver M. White avec une nouvelle couronne de Noël tressée de cannes à sucre et de Pères Noël miniatures. Peut-être savait-il qu'ils avaient laissé celle qu'il leur avait offerte la veille au service des enfants de l'hôpital. Ils pourraient toujours offrir celle-ci à un voisin. Il était venu sans sa femme puisqu'il était en voyage d'affaires. Sa vie entière était un voyage d'affaires. Il voulait faire de la recherche pour la cérémonie.

« Quand allez-vous allumer la menora ? » demanda-t-il.

– On l'a déjà fait.

– Est-ce que vous pourriez recommencer ?

– J'ai bien peur que non, dit M. Greenberg, ce n'était pas une répétition générale.

– Oh ! mon Dieu, j'ai tout raté, alors.

– Vous pouvez revenir demain.

– La cérémonie n'est plus que dans une semaine », gémit White. Samantha lui donna des crêpes avec de la crème pour le consoler. Il fut tout de suite ragaillardi quand il rencontra Jill qui lui dit que le jury avait sélectionné les cinq finalistes.

« Alléluia ! Que Dieu vous bénisse ! J'apprécie vraiment votre travail. Est-ce que vous pouvez venir demain au magasin après le lycée pour qu'on organise les feux d'artifice ? Je ne sais toujours pas quoi faire pour l'allumage des bougies. Le rabbin Poppel m'a dit d'appeler un certain Loubavitch, mais je ne suis pas arrivé à le joindre.

– Ce n'est pas juste une personne, dit Samantha, c'est un mouvement. Mais je vous préviens, ils ne s'habilleront sûrement pas en Père Noël.

– Oh, tu sais, je n'y tiens plus... enfin plus vraiment... on verra bien. » Il était comme un enfant qui ne veut pas lâcher son ballon. « Ce n'est pas facile de diriger un centre commercial. Il faut se renouveler, injecter des idées, stimuler les consommateurs pour qu'ils viennent et qu'ils achètent sans arrêt.

– N'ouvrez pas un magasin si vous ne savez pas sourire, dit Mme Greenberg.

– Il faut plus qu'un sourire, se plaignit White. Ces trucs aux pommes de terre, comment vous les appelez ?

– Latkes.

– C'est délicieux ! Peut-être qu'on pourrait en commander pour notre fête de Noël. Est-ce que quelqu'un a une objection à ÇA ?

– Pas d'objection. »

XIII

Le cœur de Samantha était tout sourire. Son visage aussi. Elle sourit pendant le cours de maths, de physique, d'histoire. Elle souriait même quand les quatre profs de gym s'unirent pour lui faire faire une roulade arrière. Elle avait toujours été un cas désespéré. Elle n'était jamais arrivée à toucher ses pieds. Mais maintenant elle avait de nouveaux ressorts sans la moindre trace de rouille. Elle plaça sa tête sur le tapis, et sans y penser à deux fois, bang! Elle roula en arrière. La classe de gym qui s'était réunie autour d'elle applaudit. Cela avait l'ampleur d'un événement historique. Elle était plus fière de sa cabriole que de tous ses 20 sur 20 réunis, jusqu'à ce que quelqu'un lui crie: « Bis, bis! »

Cette fois, elle se concentra plus, ce qui fit revenir la trouille. Mais elle la refit et annonça : « Je crois que je vais tenter l'entrée dans l'équipe nationale de gym ! » Nouveaux applaudissements. Sa prof de gym était pratiquement en larmes. Cette élève prouvait qu'elle n'avait pas vécu en vain.

À la cantine, elle se retrouva seule à la table des punks qui avaient pratiquement violé ses genoux de Père Noël, et se mit à leur parler. Elle fut surprise de découvrir que sous les cheveux verts et les palmiers qui poussaient sur leur tête, il y avait peut-être un cerveau. À la fin du repas, ils étaient devenus les meilleurs amis du monde. Afin de consolider cette amitié, elle révéla son identité : « Vous vous souvenez de votre visite au Père Noël de *Good Buy* ?

– Comment sais-tu ?

– Le Père Noël, c'est moi.

– Oh là là, c'est mauvais pour nous ! gémirent-ils.

– Je veux juste savoir si vos rêves se sont réalisés

– Ben, dis-nous quand le Père Noël fait ses livraisons…

–Si vous revenez avant Noël, je vous donnerai une canne à sucre. Mais vous avez intérêt à être sages.»

Durant toute la journée, Samantha tripota sa chaîne. Elle avait le pouvoir de dix génies réunis pour réaliser tous ses vœux. Sauf un: garder Sam au magasin jusqu'à son arrivée. C'était un homme pressé.

Les deux costumes de Père Noël avaient maintenant l'air de serpillières mouillées, recousues en patchwork. Ils avaient vécu. Ils avaient tous les deux leurs souvenirs. Elle avait complètement abîmé les deux (avec un peu d'aide). Calamity Jane essaya de ne pas se souvenir. Elle mit celui de Sam, le moins détérioré malgré le pansement sur la veste gonflable. Il y avait un sac de pièces en chocolat dans la poche avec un petit mot:

«Ma fortune en échange de tes genoux en chocolat. Ton copain en chocolat.»

La foule était en fureur. Il y avait de la panique dans l'air. Trouver le bon cadeau pour les êtres qu'on aime n'est pas chose aisée, surtout quand la plupart d'entre eux ont tout ce que leur cœur peut désirer, et même plus. Elle savait ce que c'était – tourner désespérément en rond, palper, calculer, peser le pour et le contre… et ne trouver rien d'autre que de mauvais compromis…

Les enfants étaient calmes. Ils restaient tranquillement assis sur ses genoux tandis que leurs parents s'affairaient et que Samantha comptait les journées. Allait-elle trouver un jour un travail qui la ferait sauter du lit chaque matin en disant : « Super ! Une autre journée de travail ! Génial ! » Eh bien celui-ci n'était pas le bon, en tout cas. Elle avait même commencé à barrer les jours ouvrables jusqu'à Noël sur le calendrier. Samantha savait que si elle était patiente, si elle se levait tous les jours, allait à l'école, faisait son travail, mangeait ses repas, allait se coucher, les jours passeraient et ce serait la fin du Père Noël. Entre chaque enfant, elle mangeait une pièce en chocolat et attendait.

White courait dans tous les sens. Il venait la voir toutes les dix minutes pour la tenir au courant. Le jury avait choisi le gagnant. Les prix étaient prêts. Il avait engagé deux orchestres. Elle allait vraiment être surprise. Il avait commandé de la décoration supplémentaire, les traiteurs s'affairaient, les invitations avaient été envoyées. Ça allait être le plus grand événement commercial depuis la Parade de Pâques du grand magasin Macy's.

«Et bien sûr Samantha, le jeune homme et toi allez être payés en plus pour votre prestation.

– Vous voulez dire que nous allons jouer le Père Noël ?

– Bien sûr.

– Deux Pères Noël ?

– Ne savais-tu pas que le Père Noël avait un jumeau ?»

Samantha assista à la progression rapide des

préparatifs. Elle vit comment le podium fut construit en plein milieu du rayon des jouets; comment les tables furent installées; comment le sapin géant fut décoré des restes de cannes à sucre multicolores. Elle fut également forcée de voir la menora en plein centre de tout. Ça l'inquiétait beaucoup.

Mais elle ne vit pas Sam. Et quand elle ne le voyait pas, elle perdait toute confiance en sa réalité. Heureusement, elle avait sa chaîne. Aucun d'entre eux n'avait le temps d'appeler l'autre.

Elle était quand même assez embêtée qu'il l'ait vue habillée seulement en Père Noël ou en chemise d'hôpital, sans parler des sous-vêtements de tante Millie. Elle n'était en fait jamais sortie avec lui, et si son emploi du temps restait le même, ça n'arriverait sans doute pas. Elle mourait d'envie de se mettre sur son trente et un et d'essayer de ressembler à quelque chose. Après la Rime à la Joie!

«Demain, c'est le jour J!» proclama White en quittant le magasin.

Samantha avait peur pour ce pauvre White. Il avait tant investi dans cette fête. Elle n'arrivait pas à imaginer pourquoi qui que ce soit viendrait écouter des chansons de Noël et de stupides poèmes. Elle ne quitterait certainement pas une maison bien douillette pour autre chose qu'un bon film. C'est pour ça que le jour J, elle fut si étonnée de voir une foule énorme amassée autour du podium. Ce n'était pas simplement la foule, c'était comme si le monde entier était là. Mais pas Sam.

« Samantha, ton jumeau n'est pas encore arrivé. Regarde ! J'ai installé deux trônes. Et tu as vu ton nouveau costume ? Est-ce que tu peux l'enfiler rapidement, s'il te plaît », commanda White.

Samantha retourna dans sa « loge » et frémit quand elle vit le nouveau costume suspendu comme un cadavre. On aurait dit Calamity Jane en personne. C'était un costume de femme du Père Noël, la même chose mais avec une jupe à la place d'un pantalon. Elle le mit. C'était quand même amusant de mettre des habits pour la première fois. Elle se sentait propre et neuve, même en Mme Père Noël.

Assise sur son siège, elle dominait la foule, et comptait les surprises. Deuxième surprise : le deuxième orchestre jouait des airs hassidiques et des chansons folkloriques yiddish. Elle avait l'impression d'être à un mariage. Troisième surprise : les ampoules électriques qui sortaient de chaque branche de la menora. Peut-être que White avait trouvé une solution après tout. Quatrième surprise : ses parents étaient venus. Cinquième surprise : SAM !... qui finit par arriver à bout de souffle et s'assit près d'elle.

« On a vraiment de la chance ! chuchota-t-il, on a tiré le bon lot !

– Pourquoi ?

– On est les seuls à être assis !

– On est les seuls à ne pas pouvoir se tirer d'ici.

– On n'a qu'à rester tranquillement assis et ronfler. Personne ne nous regarde avec toute cette agitation. »

Alors que les Sam étaient prêts à piquer du

nez, White, habillé d'un smoking et d'un chapeau haut de forme, prit le micro : « Mesdames et messieurs, bienvenue à la cérémonie du premier concours *Good Buy* de la Rime à la Joie. Je dis le premier, parce que les traditions doivent bien commencer un jour... et à *Good Buy* nous espérons que c'est le début d'une longue et noble tradition, un plus apporté à toutes les festivités habituelles. Chaque génération a le devoir d'ajouter quelque chose de personnel. Ceci est notre contribution et nous espérons que vous allez bien vous amuser.

– Si je commence à ronfler, réveille-moi ! dit Sam.

– Bien sûr, continua White, vous êtes nombreux à penser que le Père Noël est un homme marié. En fait, il est le plus vieux célibataire du monde. Mais, mesdames et messieurs, il s'est produit un accident. Le Père Noël est tombé amoureux, ici à *Good Buy*, et il a décidé de partager cette grande occasion avec vous, vous allez assister au mariage du Père Noël ! »

La foule applaudissait frénétiquement.

« Je suppose que c'était ça la surprise... gémit Samantha.

– Tu penses que ça sera un mariage à l'église ? demanda Sam.

– Oy ! soupira Samantha. Il faut quand même dire que ce type a du génie. C'est sa vengeance contre mon refus d'allumer la menora.

– Qu'est-ce qu'on va faire ? »

Mais ils n'eurent pas le temps d'y penser, White les entraînait déjà vers le podium où le maire en personne était prêt à accomplir la cérémonie.

« Père Noël, acceptez-vous de prendre cette femme pour épouse ? »

Sam regarda Samantha et fit un large sourire. Puis il éclata de rire sans pouvoir s'arrêter. La foule entière suivit son exemple. C'était comme les rires commandés des shows télévisés. Même Samantha commença à rigoler.

White leur lança un regard menaçant.

« Je suis désolé, fit Sam, je suis célibataire

depuis si longtemps que je n'arrive pas à y croire. Ça me fait mourir de rire.

– Eh bien mon cher, lança le maire, répondez oui ou non.

– Est-ce que je suis devant le peloton d'exécution ? demanda Sam. O.K., O.K., je m'engage. »

Grands hourras du public. Le groupe de rock entama *You're in the Army now*.

« Et vous, future madame Noël, acceptez-vous de prendre cet homme pour époux ?

– Seulement s'il prend sa retraite, annonça Samantha, et m'emmène en lune de miel dans le sud de la France. »

La foule applaudit, cria, lança des confettis fournis par White, qui lui souffla : « Dis juste oui. »

Samantha regarda Sam et chuchota : « C'est vraiment oui !

– Un peu plus fort s'il vous plaît.

– Ouiouioui ! Et oui !

– C'est fait ! » dit le maire. L'orchestre hassidique se mit à jouer. Le groupe de rock aussi.

Les époux Noël firent une petite danse sur le podium. White les rejoignit. La foule entière commença à sauter et à danser, tandis que White essayait de continuer son programme.

Cela prit dix bonnes minutes pour retenir l'attention de tout le monde. L'acteur lut le poème que Clement C. Moore avait écrit il y avait si longtemps. Puis White appela le jury. Jill rejoignit le « couple » sur scène. Le maire dit : « Nous avons un gagnant qui le mérite. Un jeune homme va venir lire le poème gagnant. » Tout le monde se tut.

« C'est le gagnant ? demanda Samantha.

– Non, il le lit simplement pour que ça fasse de l'effet. »

Le petit garçon lut :

« On ne peut pas prévoir le bulletin
De l'ami-ennemi nommé destin
Il ouvre son sac avec générosité
Et distribue les problèmes sans animosité
Des soucis, de la peine, maladies, impôts
On peut en avoir peu ou bien le gros lot...

– Tu appelles ça joyeux ? dit Samantha, accusant Jill.

– C'est pas moi qui l'ai choisi, dit Jill, sur la défensive. Mais il y a une grande variété dans la rime.

– Quoi qu'il en soit les années passent
Et avec de la chance la vieillesse t'embrasse
Des souvenirs allument nos longues journées
Les heures de joie surgissent désordonnées
Tu penses au temps des complots coquins
Des erreurs, des succès, aux moments taquins
Tu savais depuis le début qu'elle est unique
Alors profite bien car c'est mirifique.

– C'est ça qui a gagné ? demanda Samantha. Je ne peux pas le croire.

– C'était truqué ! dit Jill. Attends de voir qui a gagné. »

Le maire, qui avait un sourire grand comme un croissant de lune, appela : « S'il vous plaît, l'heureuse gagnante, Mme Élisabeth Alexandra Montgomery, pourriez-vous monter sur scène ? »

Ce fut un minuscule personnage d'un autre siècle aux cheveux blancs, qui avait l'air de sortir d'un livre de Dickens, qui se fraya un passage dans la foule. Habillée d'une longue robe noire, Mme Élisabeth Alexandra Montgomery avait l'air assez vieille pour être née au siècle précédent.

« Elle a cent ans ! dit Jill.

– Elle a gagné à l'ancienneté, dit Sam.

– Elle le mérite, je suis d'accord ! Quelle énergie ! C'est déjà héroïque de vivre si longtemps ! » Samantha fut la première à crier « Hourra ! »

De nouveaux applaudissements, de la musique, de la danse, des remises de prix. Samantha reçut un prix. Sam aussi. Grâce à Jill. C'était des bons d'achat. Les guitares électriques vrillaient leurs oreilles. C'était une joyeuse pagaille. Le meilleur, c'était de penser que ce boulot était terminé – il n'y aurait plus rien qu'un bienheureux ennui à présent pour Samantha. Les serveurs valsaient avec leurs plateaux de latkes, de boissons et de sandwichs. Les gens avaient l'air heureux comme s'ils suspendaient leurs ennuis quotidiens sur une corde à linge pour les faire sécher.

« C'est pas fini ! On a encore le dernier acte du programme. Mesdames et messieurs ! » White recommençait à faire des bruits bizarres dans le micro, essayant désespérément d'avoir leur attention, quand la musique s'arrêta brutalement et ils furent plongés dans l'obscurité. Samantha l'entendait crier : « Ne bougez pas ! Pas de panique ! » Mais personne d'autre qu'elle ne l'entendait et tout le monde bougeait, courait et paniquait. Les bébés commencèrent à pleurer, les enfants à crier. C'était un véritable tohu-bohu.

Sam aida White à crier : « Ne bougez pas ! S'il vous plaît, évitez les accidents, ne bougez pas. Restez où vous êtes jusqu'à ce que l'électricité soit réparée. »

Personne n'obéit. Les objets tombaient de tous les côtés, des rayons entiers s'écroulaient. C'était peut-être un tremblement de terre.

On entendait une alarme de pompiers hurler au loin.

On peut faire beaucoup de dégâts en une minute, même en trente secondes. Les accidents, les meurtres ne prennent pas plus d'une seconde. Et on ne met pas longtemps à voler de la marchandise de valeur.

La coupure de courant avait duré quelques minutes, mais on avait l'impression qu'il s'était passé des heures.

Et puis des lumières s'allumèrent, de toutes petites boules de feu venant de neuf sources. Juste assez de lumière pour éteindre la peur et jeter une étincelle de soulagement sur les visages. Tout le monde resta là à la fixer du regard. Les yeux de Samantha passaient de la chose à Sam. Son sourire était de la douceur pure qui coulait dans son âme. Elle essaya de trouver ses parents dans la pénombre qui allait bientôt s'éclairer. White, pétrifié de stupéfaction, avait les yeux fixes. Sam prit la main de Mme Noël.

La pâle lumière eut l'air de s'intensifier et illumina la pièce comme si la lune était venue s'installer au milieu d'eux. Jill prit le bras de

Samantha. White celui de Jill. Tout le monde joignit les mains et forma un cercle autour de cette géante menora en papier mâché. Elle n'avait pas eu besoin du Père Noël, ni de Samantha, elle s'était allumée toute seule. Le violon se lança dans une chanson yiddish : *Oif en Pripetchik brennt a fierel.* Personne ne pouvait chanter les paroles, mais tout le monde sentit la mélodie du fond de son cœur.

« Dieu du ciel ! s'écria White.

– Quels jours heureux ! dit Mme Élisabeth Alexandra Montgomery.

– Oy gott ! » dit Mme Greenberg.

Samantha tapota le dos de Jill :

« Tu vois ? je te l'avais dit ! Tu vois !

– Je vois quoi ?

– Les miracles, ça arrive. »